海が見える

長瀬春代
Nagase Haruyo

編集工房ノア

「海が見える」　目次

カバー絵　長瀬春代
装幀　森本良成

海が見える

1

大通りをまっすぐに進む。坂を下り、橋にさしかかる。橋の途中で、下をのぞきこむ。川は昔と同じように、大きく蛇行し白く波立っている。橋を渡り終わってあたりを見回す。道路わきの畑だったところには、住宅展示場のような家が建ち並び、うっそうとした竹藪はドラッグストアと駐車場に変わっている。

赤くて丸い光が見えた。四つ角に信号機がついているのだ。信号が変わり、四つ角を渡って近づいていく。

八百屋があったあたりをうかがう。まだ、ある。スーパーができて個人商店は軒並みつぶれているから、あんな小さな店が残っているはずはないと思っていたのに。よしずこそ立てていないが、店の構えは以前と同じだ。店先が明るく輝いている。立ち止まって、籠に盛った柿のあたたかい色を目に収めた。

ここに来ようと思ってから、何年たったことだろう。

八百屋の横の路地に足を踏み入れる。両側の家に体が触れそうになる。ひんやりとした空気が漂う。そうだった。五十年前もここは陽がささず湿っていた。一足ごとに、靴が地面に吸い付く感触がよみがえる。通り抜けて開けた場所に出た。

陽が一面にふりそそいでいる。端の方は畑で、畝には大根が青々とした葉を広げている。建物も井戸も柿の木も、ない。それらがあったという痕跡すら見当たらない。

中学生のとき、わたしはここで、井戸のほとりに立ったのだ。

開け放した窓から、風が美術室に熱気を運んでくる。窓際の木から油蟬の湧きかえるような鳴き声が響く。中学一年生の夏休み初日から部活動があり、いつも通り八時半に登校してきた。夏休みになれば思い切り朝寝坊ができると思っていたのに、すっかり当てが外れてしまった。

わたしが目を覚ましたとき、家の中は静まり返っていた。母は仕事に行き、高校二年生の姉は補習に出かけたのだ。いつもは母が朝食の支度をしてくれるのだが、今朝は何も用意していなかった。食欲はなかったが、食パンを焼いて冷たい牛乳で流し込んできた。

椅子に座って藤田先生の話を聞いていると生あくびばかりがでる。隣の智恵も眠そうな顔だ。その隣の明子はまっすぐ顔を向けて話を聞いている。先生は男なのにパーマをあて、やせて鶴みたいに首が長い。頬骨の張った顔からぎょろりとした目を光らせてみんなを見回し、手順を説明している。

「こら、そこの一年生、しゃべってないで聞いとけよ。ちゃんと聞いとかんと失敗するぞ」

注意された男子二人が、首をすくめるのが見えた。

中学校の美術部は難しいことをするものだ。さっぱり呑み込めない。わかったのは、首から上の石膏像をつくるということだけだ。

モデルは同じ一年生の女子である。クラスが違うので口をきいたことはないが、顔だけは知っている。中央の丸い椅子に座り、笑ってばかりいる。笑うと口が大きく横に広がり、歯並びのいい白い歯が見える。髪は短い。中高の顔にこぢんまりした目鼻で、あまり起伏がないから作りにくそうだ。もっとごつごつした顔の方がいい。

モデルを見ながら画用紙にデッサンを終えると、ベニヤ板に釘を打って棒を立て、そこに縄を巻きつけて粘土を貼り付けていく。土台となる立方体を作り、その上に首から頭までをつくった。立体は初めてで、全体はなんとかできあがったが、口元がうまくいかない。唇は木の葉をはり付けたようだ。

顔をあげて美術室を見回した。先生は教壇のそばで、一年生の女子の作品に手を入れている。いつもあの子につきっきりだ。わたしや智恵のところには一度も来たことがないのに。智恵が手をとめて自分の作品を眺めているので、正面に回って見ると、頭部は薄っぺらで鼻だけが突き出て、張り子の面みたいだ。噴き出しそうになるのをこらえて言った。

「ねえ智恵、もっと顔の粘土を厚くしたらどうなん」

「もう鼻もつけてしもたのに、どうやるんよ、無理やわ」

明子がそばにきて、見るなり笑いだした。

「智恵ちゃん、変やわ。顔になってないやん」

「ほっといて。なんやねん、自分はうまいと思って」

智恵が眉をつり上げ、目をむいて言い返した。切れ長でつり気味の大きな目だ。白目のところがうっすらと青くて、きれいだと見るたびに思う。

明子と智恵は家が隣同士の幼なじみで、よく口げんかをする。美術部に入って間もない頃、ささいなことで言い争っている横から、わたしが口をはさんだのがきっかけで仲良くなった。それ以来、クラスは別々だがクラブではいつも三人一緒に行動した。背の高い明子、中ぐらいのわたし、小柄な智恵が並んで歩くのを見て、男子が「階段みたいや」と笑う。

絵のうまい明子のことだ、きっと粘土像も上手に作っているに違いない。そばによってみると、思った通り顔から頭にかけて厚みがあり、口元も立体的だ。目じりや小鼻など細かい所も丁寧で、全体がきりっと締まって見える。

「うわぁ、なんでそんな上手にできるん」

わたしが驚きの声をあげると、明子は頬をゆるめた。

粘土の顔をじっくりと見た。顔は四角くてあごが張っている。肉の薄いまぶた、きつく結んだ唇、幅の広い鼻。

「これ、明子に似てるわぁ。そっくりやんか」わたしは思わず声を張り上げた。

「そうかなぁ。ちゃんとモデルを見てつくってんけど。ウチ、こんな顔なん」

明子は照れくさそうに笑って、智恵をかえり見た。

「ほんまにそっくりやわ。これで三つ編みやったら、明ちゃんや」

智恵が機嫌を直して言ったので笑った。

粘土像ができると、次にその上から石膏液を何度も流しかけて型を作り、固まるのを待って、ナイフで半分に切って取り外す。切った型を石膏液で貼り合わせて完成させ、後は乾くのを待つ。

ここからは外の作業になる。水道わきのコンクリートの床に、石膏液の入ったバケツが置いてある。それを型の中へ流し込む。そして乾いた頃にまた液を流し込んで、乾かす作業を繰り返す。

「ちょっと美佐緒、液がまんべんなく行き渡らんかったら壊れてしまう、って先生がいうてたやんか。ちゃんと回さなあかんよ」

明子に注意された。重たい型を何度もぐるぐる回転させていると、腕がくたびれてくる。真夏の日ざしをじかに浴びて、体中から汗が噴き出し、セーラー服の下を流れ落ちる。

突然智恵が「あっ」と悲鳴をあげた。目も口も大きく開けて立ちすくんでいる。

「鼻のとこが崩れてしもた！　せっかくここまで行ったのに。もうっ、なんでやねん」

智恵が抱えている型をのぞきこむと、中に大きな穴ができている。こうなってしまってはどうしようもない。智恵は赤ん坊を抱くように型を両腕に抱えて歩き回り、誰かれなしにつかまえて、失敗したわと訴えていた。が、しまいに段ボール箱に捨てに行った。

わたしは順調に進んで、型を割るところまで行った。外から鑿を当てて割っていく。頭の三分の一ほどが、きれいにはがれた。次をはずそうとするが、さっきと違って割れにくい。不安がよぎる。じわじわと力を加えて割っていくと、型がはがれた。完成だ。

「あっ、しまった」

右眼のところが大きくえぐれているではないか。なんでこうなるのか。いつも、最後の最後でうまくいかない。

「もうちょっとやったのに、惜しかったなぁ」

横で見ていた智恵が気の毒そうに言うので、黙ってうなずいた。口を開けば涙がこぼれ落ちそうになる。破片をかき集めて、捨てに行った。段ボール箱の中には、失敗した型が思い思いの方向に横たわり、かけらが散らばっている。白い石膏がうす汚れて見える。

美術室に戻ると、壁際の机に完成した石膏像がずらりと並べられていた。明子は体をかがめて、自分の作品をのぞき込んでいる。遠くからその後ろ姿を盗み見た。明子はうまく出来たのだ。それに引きかえ自分ができそこなったことが引っ掛かり、胸の中がくしゃくしゃしてそばに寄れない。智恵が明子の横に並んだのを見て、ようやく二人のそばに行った。

「明子、できたんやなあ。さすがやわ」

わたしの言葉に明子は皮膚の薄い頬をほころばせた。明子をまん中に、三人並んで石膏像を見た。少し角張った顔。引き締まった口元。一重まぶたの眼。瞳はまっすぐ前方に向けられている。本当に人間がそこにいるようだ。

明子はじっと自分の作った像を見つめている。粘土のときよりも白い石膏像になると、いっそう本人に似ていた。


二学期になって初めてクラブがあった日、終わると三人そろって校門を出た。智恵と明子はわたしとは別の平尾小学校の出身で、帰る方角は違うのだが、誘われて一緒に行くことにした。

歩き出すとすぐに、智恵が藤田先生のひいきがひどいと言いだした。わたしも胸にたまっていた不満を吐き出した。明子は時々短い返事をするだけで口数が少ないのが物足りない。野道を行き、植木畑を抜け、くねくねとした坂道を下っていく。道の両側に家が点在し、下りきった所に四つ角がある。その先に集落が現れ、藁屋根が遠くに見える。このあたりには一度も来たことがない。

四つ角で立ち話をしていると、坂道から人影が現れた。

「あっ、洋子や」明子がすぐに気がついた。ラケットを肩にかけた背の高い姿が、近づいてくる。

「今、終わったん。バトミントン部は遅いんやなあ」明子が声をかけた。

「うん。今度の日曜日に試合があるから、先生が特訓してるねん」

「入ったとこやのに、もう試合に出られるん」

「先生が、出なさいっていうねん。一年で出るんは二人だけなんよ」

「すごいやん。洋子、うまいんやなあ。背も高いし、バトミントンに向いてるんやわ」

明子は声を弾ませている。

「クラブ変わって、よかったなあ。ウチとこの先生、相変わらずひいきしてばっかりや」

智恵が口をとがらせて言った。

「あの先生、気に入った子には、付きっきりで教えるけど、わたしなんかほったらかしやった。それで絵を見せたら、なんやこれはどうにかならんのか、って。そらわたしは下手や。そやけど、あんな言い方せんでもいいやんか」

洋子は顔をしかめている。一学期の途中で美術部をやめたのは、バトミントンがしたくなったからだと思っていた。わたしも藤田先生は嫌だ。けれど、智恵と明子という友達ができたし、絵が好きだからやめようとは思わない。

四人でひとしきりしゃべってから、明子と智恵はそのまままっすぐに進んで四つ角を渡り、五、六軒先のよしずを立てた八百屋の手前を曲がっていった。洋子は四つ角を左へ、わたしは右に折れる。

川がひじを曲げたようになったところに、広い橋がかかっている。家の付近をおだやかに流れる川が、少し上流のこのあたりでは深い谷底を蛇行している。橋を渡り、長い急な坂を登って家に向かった。

それから週に三回、クラブのある日は遠回りして明子と智恵と一緒に帰ることにした。三人で坂を下っているとき、智恵が「日曜日に、お父さんと梅田に行ってなあ」と笑いながら話しはじめた。智恵の父は平尾小学校の音楽の先生で、これまでに県下の合唱コンクールで何度も優勝させた経験があった。そのつど写真入りで新聞記事になっていたから、知っている人のような気がする。

「この前からお父さんに、服をねだっててんけどな、やっと梅田のデパートに連れて行ってくれてん。安いのがあったら買ってやるって。見て歩いてたら、かわいいワンピースがあってん。ウチ、これがほしいっていうてんけど、お父さんがそんなん高すぎてあかんっていうんやわぁ」

「隣のデパートにも行ったらよかったのに」わたしは合いの手を入れた。

「行ったよ。行ったけど、やっぱり高いねん。それで服は買わんと、八階の大食堂できつねうどんを食べただけで帰ってきてん」

「なんや、おっちゃん、うどんを食べただけで、なんも買ってくれんかったん。服がきつねうどんに化けたんやな」

明子の言い方がおかしかったので笑った。

わたしの父は戦死しているので、父親というもののイメージはないが、それにしても娘の服を買いに行くなんて聞いたことがない。

「智恵はお父さんと服を買いに行くん？　わたしのところはお父さんがいないからようわからんけど、普通はお母さんと行くのとちがう」

「そんなことないで。お母さんと行ったことは一回もないわ。いつもお父さんと行くわ」

「そんなものなんかな」

「なあ、明ちゃんとこも、服を買ってくるのはお父さんやんかなぁ。お母さんは買わへんよなぁ」

智恵は目を見開いて明子の顔を見上げた。明子は前を向いたまま、ウン、と無表情に答える。智恵は話を続ける。

「明ちゃんのお父さんは、大晦日に仕事が終わってから、市場まで買い物に行くねんな。その頃にはごっつい値段が下がってるから、お正月の物やら、明ちゃんと妹の服やら、買ってくるんやんなぁ」

駅前に市場があるけれど、そこには服を売る店なんかない。

「どこの市場のことを言ってるん」

「大阪の鶴橋に、何でも売ってる大きな市場があるねん、なあ、明ちゃん」

明子はうなずき、ちらっと横目でわたしを見てから口を開いた。

「お父さんは仕事が済んでから行くやろ、そやからウチらが寝るまでには帰ってけえへんねん。買い物をすませて帰ってくる頃には、もう年が明けてる。お母さんはそれから正月の支度するから、朝までかかることもあるわ」

明子はどこか遠いところを見るような目をして、しばらく黙っていた。

「そんでなぁ、朝になってウチらが目をさましたら、枕元に新しい服と靴下がそろえてあるねん。そやけど、売れ残った中から買うんやから、品物は選ばれへん。サイズが合わへんこともあってな、去年の妹の服なんかえらい大きいて、着てみたらブカブカやねん。妹は、どないしょう、いうて困ってたわ」

明子の顔にゆっくりと笑顔が広がり、目が糸のようになった。

父親がいなくてさびしいと思ったことはないが、娘に服を買う父がいると知って、少し心が騒いだ。わたしの父は仏壇に軍服姿の写真で収まっている。

文化祭の前でクラブが長引き、いつもより下校するのが遅くなった。竹藪に沿った細い道にさしかかったときには、あたりは暗くなっていた。竹藪がざわざわと鳴り、冷たい風が吹き抜ける。智恵が明子の顔をのぞき込んで言った。

「明ちゃん、今日はいつもより大分遅なったから、ハンメに怒られるんとちがう」

「ほんまや。絶対ハンメに怒られるわ」

明子は真剣な口調である。ハンメなんて聞いたことがない。

「ハンメって誰なん」と尋ねたが、わたしの声が耳に入らなかったのか、二人はそのまま話を続けた。

「こんな時間まで学校でなにをしてたんやいうて、えらい怒られるわ」

「ハンメは怒ったら、ほんまに怖いからなぁ」

「妹が手伝ってるのに、姉さんのお前がどういうことや、いうて怒られるわ」

明子はそれっきり口をつぐんで、先に立って足を速めた。その後に智恵とわたしが続いた。

二人は赤ん坊の頃からのつき合いなので、自分たちにしか通じない話をよくする。家の人のあだ名かもしれない。

文化祭の後は先生の話だけでクラブが早く終わったので、まだ明るいうちに校門を出た。三人が四つ角にさしかかったとき、智恵が突然足を止めた。

「あっ、明ちゃん、おっちゃんや」いたずらが見つかったようなあわて方だ。

「どこに。あっ、ほんまや」

明子は棒立ちになって橋の方を見ている。顔が赤い。

二人の視線を追うと、黒い服の男の人がリヤカーを引いてやってくる。智恵と明子はその場に立ち止まったまま動かない。わたしは二人と並んで立っていた。

男の人はそばまで来るとリヤカーを止めて立ち止まり、笑いながら明子と智恵を交互に見て「いま帰りか」と声をかけた。

「ただいま」二人は声をそろえた。わたしは黙っていた。

黒っぽいジャンパーを着て、背が高い人だ。髪が額にかかっている。日焼けした顔は笑うと、目尻に深いしわが刻まれた。

男の人は、ちらりとわたしに向けた視線を明子に戻すと「道草食ってないで、早う帰れよ」と言った。そして引き手を両手で支え、前屈みになって歩き出した。通り過ぎるとき、リヤカーの板囲いの中が見えた。錆びたトタン板、アルマイトの鍋、古新聞の束が揺れている。男の人はすぐに角を曲がって見えなくなった。

「おっちゃん、もう帰るんかな」

「まだやろう。いっぺん家に寄ってから、また行くんやと思うわ」

二人は顔を寄せて話している。

「今の人、明子のお父さんなん」

二人の背後から話に割り込んだ。明子は前を向いたまま返事をしない。

「えらい若いなぁ。いったい、いくつ」

明子がクルッと振り向いてこちらを見た。目が釣りあがって怒ったような顔だ。

「若いことないよ。もう四十歳やもん。お母さんは若いけど。三十三歳や」

「明子のお母さんて、そんな若いん。わたしはお母さんが三十三歳のときに、生まれたんやで」

ウチのお母さんが兄ちゃんを生んだんは、十七歳のときや、と言ってから明子は少し口元をほころばせた。

「それやったら、私らもう三、四年したら、結婚して子どもを産まないかんことになるな」

自分で言ってから可笑しくなって、わたしは噴き出した。明子も智恵も笑った。

「お母さんの親が急に話を決めて、結婚するときになって、はじめてお父さんの顔を見たんやて」明子はいつもの調子に戻った。

「そんなん嫌やな。うちの親も見合い結婚で、結婚前に二、三回会っただけや言うてた」

「なあ、智恵ちゃんとこは恋愛結婚やろ。おっちゃんとおばちゃんが学生のとき、知り合ったんやろ」

明子が智恵を見て言った。

智恵はうなずき、上野の音楽学校のときに知り合って恋愛結婚したのだと言った。親が恋愛結婚という友達は初めてだった。きっと両親は仲がいいにちがいない。

二人の後ろ姿を見送ると、橋を渡り、坂を登って家路についた。遠くに見える六甲山に、たったいま陽が沈み終えたところで、暗闇の中で消えかけの炎が山際を這っているようだ。明子の父の姿を思い出した。くず屋をしている父を見られて、いやそうだった。このことには触れないようにしよう。

2

二年生になって組替えがあり、わたしは望みどおりに明子と智恵と同じクラスになり、毎日一緒に帰った。

最初のクラブ活動の日、一年生はまだオリエンテーション中で、二年生と三年生だけが集まった。絵は描かないで藤田先生の話だけだ。

「今年から、二年生以上は油絵をすることにした。中学校の美術部ではどこもそんな高度なことはやってないけど、うちはやる。それで、油絵の道具を用意するように。急には無理やから、連休までに買ってもらえ。デパートか専門の画材店に行ったら売ってるから」

先生はうっすらと笑みを浮かべている。

油絵なんて難しそうや、と言う声が聞こえた。本当だ。姉が高校で使ったのがあるから、貸してもらえるはずだが、きっと文句を言われるに違いない。あんたは使い方があらい、後始末をしない、と言う姉の不機嫌な顔が目に浮かぶ。

敗戦の年に生まれたわたしたちは四クラスだが、今年入学してきた学年はベビーブームで、六クラスもあった。美術部にも一年生がたくさん入部してきた。

そのなかで一番初めに名前を覚えたのは、上村だ。籠に盛った写生用のリンゴを手に取ってかじるふりをしたり、「月光仮面のおじさんは……」といきなり声を張り上げるひょうきんな男子だ。

「なあなあ、見てて」

上村は智恵の前で足を少し開いてまっすぐに立ち、背筋を伸ばしてあごを引く。それから口を縦に大きく開いて「はい、お腹から声を出して」と鼻にかかった低い声で言う。すると智恵はもちろん、大勢が噴き出した。つられてわたしも笑った。上村は平尾小学校の出身で、智恵の父を上手に真似るのだ。

クラブの後いつものように三人で美術室を出ると、上村がついてきて、ずっと智恵にまとわりついて歩いた。

「家でも、栗山先生は合唱の練習をさせてんの」

「まさか、そんなわけないやろう」

「でも、栗山先生やったら、家でも、お腹から声を出してとか、いってそうや」

「アホなことばっかりいうて、もう！」

智恵が握りこぶしを振り上げて叩くまねをしたので、四人は笑い声を上げた。

いつもの四つ角までやってきた。明子と智恵はそのまま渡っていく。新しくできた住宅地に住む上村は、右に折れて、途中までわたしと一緒だ。ところがわたしが歩き出しても、上村は動こうとしない。長い間なにを見ているのかと思ったら、急に振り向いて叫んだ。

「あそこ、朝鮮部落やん！　栗山さんは朝鮮部落に住んでるの！　なんで」

激しい口調でかみついてくる。目も口も大きく開きっぱなしで、仮面みたいだ。さっきまで冗談を言って笑い転げていたのと同じ人間とは思えない。目を据えて、同じ問いをぶつけてくる。

何と答えていいか分からず黙っていた。二人の住む場所が、そんな名前で呼ばれるのは聞いたことがなかった。なぜ智恵がそこに住むのかも知らない。

「知らんよ、そんなこと」ぶっきらぼうな返事になった。

なおも上村は首をかしげて、別れるまでの間ずっと、栗山さんは、なんで朝鮮部落に住んでいるんやろうと、言い続けた。一人になると、ホッと息がつけた。しかし今度はその言葉が頭から離れない。

もしかすると智恵は朝鮮人なのだろうか。じゃあ、明子は？

家に帰って着替えると、台所に入っていった。タマネギの匂いが部屋中にこもって、目が痛い。母は通勤着のブラウスの上にエプロンをつけて、ガス台の前に立ち、フライパンにみじん切りのタマネギを放り込んでいた。

「美佐緒、冷蔵庫からミンチを出して、そこのボールに入れて」

こちらを見もしないで言う。

話は後回しにして支度を手伝い、できあがった頃に姉が帰って夕食になった。わたしはハンバーグを口に運びながら切り出した。

「お母ちゃん、智恵のお父さんなあ、平尾小学校の栗山先生は朝鮮人なん」

「いきなり、何をいいだすの。学校の先生なんやから日本人に決まってるでしょ」

母はわたしを見て笑った。それからわきを向いて「なにか、奥さんが」とつぶやいて首をかしげていたが、すぐに向き直った。

「なんでそんなこと、聞くの」

上村の言ったことを話すと、黙って聞いていた。

「橋を渡った先の四つ角を曲がったところに、八百屋があるわねえ。あの奥が栗山先生の家なん。四つ角をまっすぐ行ったことはあるけど、曲がったことはないわ。朝鮮部落ねえ、そんな名前聞いたことがある」

「あんた、何が知りたいの」姉が横から口をはさんだ。

「何がって、上村がいったことが気になるねん」

「なに人でも関係ないやないの。人間は人間でしょ」

「わかってるわ。わたしはただ知りたいだけやんか」

「知ってどうするの。友達やめるの」

「なにもそんなこといってないやんか」

わたしはむくれて口を閉じた。姉はいつも話の腰を折る。でも、知ってどうするつもりだろう。なぜ知りたいのだろう、わたしは。

母が「朝鮮部落」という呼び名を知っているとは思わなかった。上村は智恵の事ではひどく驚いていたが、明子については何も言わなかった。それは明子が朝鮮人だということなのだろうか。頭の中に「朝鮮人」が引っ掛かって出ていかない。だいたい上村が変なことを言うから悪いのだ。気にしないでおこう、と思っても、どうもすっきりしない。もやもやしたものが拡がっていく。秘密を持ったようで、胸のあたりが重たい。

翌朝、教室で明子と智恵と顔を合わせ、おはよう、と挨拶した。いつもならすぐに、昨日の上村のことを話題にするのだが、触れなかった。

翌日の放課後、美術室に行くと、一年生の男子が入口付近にかたまっていた。上村はずっとその中にいる。次のクラブ活動の日も、上村は一年生のなかから動こうとしない。

一週間たっても二週間たっても、上村の様子は同じだ。前はあんなにしょっちゅう智恵のそばに来て、悪ふざけばかりしていたのに、全く寄りつかなくなった。手のひらを返すように態度が変わったことに、智恵は気づいていないのだろうか、何も言わない。「上村って、ほんまに変な奴やなぁ」口元まで出かかるその言葉を飲み込んだ。

二年生になって一番初めの課題は風景画だ。三人とも校庭の満開の桜を描いて完成させた。帰り道で、まん中を歩いていた智恵が明子の顔をのぞきこんで言った。

「明ちゃん、どうするん」

明子はうつむいて黙っている。何のことだろう。また二人にしか分からない話かもしれない。

「おっちゃんに油絵の道具、買ってほしいって、いわれへんやろ」

「そんなこと、いわれへん。無理なんはわかってるもん」

明子はうつむいたままだ。

ハッとなった。もうすぐ連休だ。先生が油絵の道具を用意するようにと言った期限がくる。姉に頼むと予想通りさんざん文句を言われたが、借りられることになったので、すでに頭から消えていた。わたしは自分のことしか考えていなかったのに、智恵は明子のことを気にかけていた。

「美佐緒はどうするん。買ってもらえるん」智恵がこちらに顔を向けた。

「わたしは姉さんが高校で使ったのを、貸してもらうことになったんやけど」

「家にある人はいいなあ。ウチは昨日やっとお父さんが買ってやるといってくれたわ」

智恵が再び明子の方に顔を向けた。わたしも明子を見た。

「ウチは今までどおり水彩画を描くから、いい。先生にそういうわ」

明子はうつむいたままつぶやいた。

たぶん二年生全員が油絵をすることになる。その中で、一人だけ一年生と同じように水彩画を描くなんて、わたしなら耐えられない。美術部をやめてしまうかもしれない。明子は強い。でもつらいだろうなあ。そんなことを思いながら並んで坂を下りて行った。

連休が終わって最初のクラブ活動の日、やはり二年生は全員が真新しい箱に入った油絵セットを用意していた。絵具で汚れた箱はわたし一人。そして水彩道具は明子だけだ。

油絵のキャンバスは文房具店では売っていないので、先生から買うのだが、画用紙とは比べ物にならないくらい高い。小遣いが全部飛んでしまった。

土器のようなつやのない花瓶に、白い鉄砲百合が五本差してあるのを描くことになった。花はなかば開き、中から黄色のおしべがのぞいている。白の上に黄色を点々と乗せるといい感じになる。木製のパレットに白い絵具をチューブからしぼり出し、筆につけて描いた。ところが絵具がべとべとと粘って、塗り絵みたいになってしまった。手を休めてみんなの様子をうかがった。

「もう、あかんわ、全然うまいことといかへん。幼稚園児みたいや」

野猿とあだ名のついた男子が、絵筆を振り回しながら大声をあげた。

「お前の頭は幼稚園児並みやからなあ」

すかさず横の男子が言ったので笑い声が起きた。明子の方をちらっと見ると笑っている。


週明けの月曜日、登校して教室に入ると、明子の髪型が変わっているのに気がついた。長く伸ばした髪をまん中で分けて三つ編みにしていたのを、前髪だけ眉のところで切り下げている。くせ毛だから、額にかかる髪はパーマをかけたようで、顔が柔らかくなった。

下校の途中で「明子、前髪を切ったん。よう似合ってるわ」と声をかけたら、すぐに智恵が「ハンメに怒られたんと違うん」と言って笑った。

「うん。勝手に切ったいうて、えらい怒られたわ」

明子は肩をすくめている。

またも登場した「ハンメ」を突き止めたくなった。

「ねぇ、前にもハンメがどうとかいうてたけど、誰のことなん、それ」

少し間があったが、明子は前を向いたままで「おばあちゃんのことや」と答えた。

「おばあちゃんのこと。聞いたことないわ。なに、それ」

「おばあちゃんのことを、朝鮮語でハンメっていうねん、なあ、明ちゃん」

智恵が、明子の顔を見ながら言った。

「それ、朝鮮語なん」

言ってから、胸がドキッとなった。

明子は朝鮮人なのだ。「明子、朝鮮人やったん」と言えば、変に思われるに違いない。なんと言えばいいのだろう。明子は黙ってさっさと一人で歩いて行く。智恵を相手に、うちの田舎のおばあちゃんは、小学校のときに亡くなってん、ととりとめもなく話し続けた。明子は一度もふり返らない。前を行くセーラー服の襟が揺れるのを目で追いながら、しゃべるのをやめられなかった。

ようやく四つ角が見えてきた。そこで「バイバイ、またあした」と言って別れた。先に渡っていた明子が振り向いて「バイバイ、またあした」と言った。その白い顔からは何も読み取れない。

「朝鮮語なん」と聞き返したとき、明子はこちらを見ようとしなかった。そしてその後はずっと口をきかなかった。わたしはなぜ自分がうろたえているのか、分からない。胸のなかのもやもやがいっそう濃くなった。

考えてみたら、日頃は朝鮮人について考えることはない。けれど、ラジオで犯罪のニュースを聞くときは意識する。「金山太郎ことキンジセイ」というように、初めに日本の名前を呼んで、その後に本名を呼ぶ。するとなんだか、まがまがしい空気がただよってくる。なぜだろう。

分からないことだらけの中で、ひとつだけはっきりしたことがある。朝鮮人には朝鮮語というものがあるということだ。

家に帰ると、着替えもせずにすぐに台所に入った。母が流し台に向かっている。

「ねえ、お母ちゃん。朝鮮語でおばあちゃんのことを、ハンメ、っていうねんて」

「朝鮮語やて。なんでまたそんなもん、どこで聞いてきたん」

母は包丁の手を止めずに言う。

「栗山さんの隣に住んでる人。木村さんいうて、朝鮮人やねん。同じクラスで、美術部も一緒や。ものすごく絵がうまいねん」

母はまな板に向かったままだ。

梅雨に入り、朝から細かい雨が降っていた。クラブを終えて三人で校門を出たところで、近所の同級生と出会った。一緒に帰ろうと誘われたが「わたしは遠回りして、栗山さんと木村さんと帰るねん」と断った。その間に二人は先に行き、後から走って追いついた。

「もともと兄ちゃんはそうやったやんか」

「そうやけど、前とは全然比べものにならんくらい、もっと強なっててん。あんまり強すぎるわ」

二人の話が聞こえたので「なにがそんなに強いん。ケンカが強いん」どちらに聞くともなく尋ねた。

「ケンカも弱いことはないけど、そういう意味と違うねん。明子の兄ちゃんは朝鮮人を隠したり、恥ずかしがったりしてないねん。朝鮮人の気持ちが強いってことや」

明子ではなく、智恵が答えた。明子は足もとの水たまりに視線を落としている。

「お兄さんて、そんな人なん」

と言ったが、後の言葉が続かない。なんとなくぎこちなくなり、黙って傘をさして竹藪沿いの道を下っていった。話しながら前を行く二人の傘からしずくが流れ落ちる。雨に濡れた竹が重たそうにしなっている。雨足がしだいに強くなってきた。息をすると、霧雨が胸の中まで入ってくる。

朝鮮人を隠したり恥ずかしがったりしない人がいるなんて、知らなかった。明子は自分からは朝鮮に触れない。


期末考査の後にＰＴＡ行事があり、クラグ活動がなくなって、その日は下校時間が早くなった。帰る途中で、智恵から「一回、うちに寄って行かへん」と誘われた。そうすると、明子の家にも行くことになるので、気になって様子をうかがったが、別に嫌がる風もなかったので、ついて行くことにした。

四つ角を渡り、いつも明子と智恵の後ろ姿が消えていくのを見送ってきた路地に、初めて入っていった。人一人がやっと通れる狭さで薄暗く、足元の地面は湿っている。二人の後からついて行くと、急に開けた場所に出た。

まん中に井戸があり、それを囲むように、トタン屋根のバラックが十軒ほどかたまっていた。廃材を寄せ集めてこしらえた鶏小屋みたいで、地面にへばりつくように低い。あたりには色というものが感じられない。

「ここやで」と智恵が指さしたのは、一番端の一軒である。そこだけは、モルタルの外壁だ。

「家は狭いから、入って玄関だけ見て」

言われたとおりに玄関から中をのぞくと、すぐ横に大きな黒光りするピアノが、でんと置かれている。ピアノの上の棚には本がずらりと並んでいる。背表紙は外国語の飾り文字だからきっと楽譜だ。反対側に板敷の台所が見える。

「うわぁ、すごいねぇ。立派なピアノやなぁ」

「家がピアノに占領されてるやろう。お母さんがピアノを教えてるから、生徒が習いにくるねん」

智恵は目を細めて得意そうに言った。

「どんな人が習いに来るん」

「小学生も来るし、高校生も来る。音大を受ける人も習いに来るねん」

智恵の家を出たときに、明子の姿は見えなくなっていた。家に帰ったのだろう。智恵の後について井戸の屋根の下に立ち、明子が出てくるのを待った。井戸のそばには葉を拡げた高い柿の木があった。

「そこが明ちゃんの家や」

指されたのは、周りをトタンで囲ったバラックで、入口は色も形もまちまちの板きれでできている。屋根もトタン葺きで、上に石が置いてある。軒が低くて、中に入ると頭がつかえそうだ。ここに、祖母・両親・兄・明子・妹の六人が住んでいる。どうやって暮らしているのだろう。

明子の家が貧乏なことは、うすうす察していたが、これほどとは思いもしなかった。でも驚きを見せてはいけない。

その場所に立っていると、井戸を囲むまわりの家々から、じっと見られているような気がして落ち着かない。あたりには濃い匂いがこもって、空気が凝縮しているようだ。甘酸っぱいような、刺激のある匂いが鼻にしみ込んでくる。待っていても、明子はそれっきり出て来なかった。やはり来てはいけなかったのだろうか。

突然明子の家の入口が動いて、中から誰かが姿を現し近づいてきた。

「あっ、ハンメ」

智恵はもじもじしている。こんにちはと挨拶することも忘れて、わたしは体を硬くして突っ立っていた。

白髪のおばあさんだ。髪をぴったりとまん中で分けて、後で引っ詰めている。白いスカートが裾までひろがり、ブラウスのような丈の短い白い服を着ている。井戸までやって来ると、深いしわを刻んだ顔から、細い目を智恵に、続いてわたしに向け、また智恵に戻した。智恵になにか言いそうになったが、そのままポンプの柄を握って押し始めた。

ポンプの先の布袋をふくらませて、水が勢いよくほとばしる。おばあさんは両足を大きく開いてぐいと腰をかがめ、手にした鍋をたわしでこすっては、何度もすすぐ。丁寧に洗い終わると、二、三回振って水気を切った。それから背筋をまっすぐに伸ばして、ゆっくりと外股で歩いて行く。一足ごとに、スカートが風をはらんだ帆のように揺れる。通り過ぎるとき、裾から白いぺちゃんこの靴がのぞいた。そして家の中に姿を消した。

その間、終始無言だった。わたしは後ろ姿をぼう然と眺めていた。とても長い時間がたったように感じた。

あれがハンメだ。えらく長いスカートと短い上着を着ていた。年寄りなのに白い服を着て、胸にリボンを結んでいた。にこりともしなかった。それに歩き方が、なにか違う。ゆったりと風の中を舞っているようだ。

翌朝、登校して教室に入るとすぐに明子を探したが、トイレにでも行っているのか、姿が見あたらない。それで智恵のところへ行った。

「昨日見せてもらったピアノ、すごい立派やねぇ。智恵も弾けるん」

「ちょっとは弾けるけど、ちゃんと習ってないから、ダメやねん」

「なんで？　お母さんは家でピアノを、教えてるんでしょ」

「よその子に教えてるけど、自分の子どもには教えにくいんやて。そやからあんまりちゃんと、習ってないねん」

「そういうものなんかな」

予鈴が鳴って明子が席に戻ってきたので、近づいて横に立った。

「昨日、あれから待ってたんやけど」

しばらく間があった。

「ウチ、家の用事をせんといかんかったから」

「そう、用事してたん」

明子は黒板に向かって、横顔を見せている。

「えっと、あの後で明子のおばあさんに会ったよ」

「ハンメ」といいかけたが、思い直して「おばあさん」にした。

明子が上目遣いにこちらを見た。目が合った。つるりとした白い顔から、何かを確かめるような視線がまっすぐに向かってくる。じっと明子の瞳を見返した。こんな間近で見たのは初めてだ。黒い瞳の奥から一筋の光が射してくる。

3

今日は夏休み中の登校日で、久しぶりに学校に行った。朝礼のあと教室に入り、担任からプリントを配られ、すぐに下校することになった。三人そろって校門を出てぶらぶら歩きだした。

「あのなあ、この前お父さんから、話があってな……」

智恵が父の話をするときは、いつも楽しそうに笑っているのに、今日は違う。目を大きく見開き、にこりともしない。

「音楽をやってみいへんかって、いわれてな。するんやったら今しかないんやで、中学二年を過ぎたらもう遅いんやで、って。ウチにもやりたい気持ちがあったから、やるわ、っていうてん」

「音楽するって、なにをするん？」

「ピアノとヴァイオリンは子どもの時からしてないと、今からでは遅いねん。フルートかクラリネットがいいっていうから、フルートにしてん。それで練習用のフルートも買うてもろたわ」

「フルートを習うん。そらそうやなあ、智恵のところは両親とも音楽家やもんなあ」

そう言いながら、智恵が別の世界へ足を踏み入れ、遠くへ行ってしまう気がした。

「それでな、ピアノもできんといかんから、先生について習うことにしてん。フルートとピアノのレッスンに行くから、学校が終わったらすぐに帰らないかんねん。そやから二学期から美術部やめることにしてん」

すごいなあ、智恵は、頑張るんやねえ、と言ったが、胸に穴が開いたようだ。

さっきから明子は黙っている。きっと朝二人で登校するときに聞いたのだ。ちょっとのけ者にされたような気分だ。

四つ角で長い間立ち話をしてから、一人になって坂を登っていった。もう夕方だというのにきつい西日が照りつけ、汗にまみれたセーラー服が肌にへばり付いて気持ちが悪い。

二学期が始まった。智恵は放課後そのままレッスンに行くので、クラブのない日も一緒に帰れなくなり、明子と二人きりになった。

美術室の外の水道で手を洗っていると、上村が中から現れて横で筆を洗い始めた。あれ以来口をきいたことがない。しばらくどちらも黙っていた。

「栗山さんは、二学期から美術部やめたんやなあ」

なにを言い出すのかと警戒していたら、智恵のことだった。

「なんでなん」

「音楽することに決めて、フルートとピアノを習いに行ってるわ」

「へえすごいなぁ。やっぱり音楽の先生の子どもは違うなあ。ところでさあ、原田さんはなんでまだ、木村さんと一緒に帰ってるん?」

「なんでって、友達やからやんか」

「まだ知らんの。木村さんは朝鮮人やねんで。朝鮮人なんかと付き合わん方がいいで。うちの親はそういってるわ」

ぎょっとなって上村の顔を見た。大きな目が、上目遣いにこちらをうかがっている。

「そんなこと関係ないやんか」

声を抑えてやっと言い返した。上村は目をそらすと、さっと戻っていった。その後ろ姿をにらんでいたら、体が震えてきた。

明子と帰る途中、竹藪の奥に、実をいっぱいつけている柿の木を発見した。先がとがっているから渋柿だ。あんな大きな実を干し柿にしたら甘くておいしいだろう。

「立派な柿やわぁ。なあ明子、採って帰ろう。絶対おいしいから」

竹藪を抜けて川のそばの柿の木にたどり着くと、すぐにカバンを放り出して取り付いた。枝まで距離があるので、飛び上がってぶら下がると、ざらざらした幹を足ではさんで少しずつよじ登り、枝から枝へと上がっていった。真下に明子の頭のてっぺんが見えた。

「なぁ、早う登っといで。怖いことないから」

「ウチは登らへんよ。兄ちゃんに怒られるもん」

上を見上げて首を振っている。少し腹が立って叫んだ。

「なんで、兄ちゃんはいちいちそんなことまで、妹に指図するんよ」

「女は女らしくしろって、いつもいわれてる」

「木に登るくらいいいやんか」

「木になんか登ったらえらいこと怒られるわ。ハンメも怒るし」

「難しいんやなぁ、明子のところは」

めんどうくさくなってきたが、こんな大きな柿を採らないなんてもったいない。明子のことは放っておいて、手を伸ばして細い枝をへし折り、実の付いたままを下に落とした。手の届くところは全部採った。

下りようとして、一番下の枝まで来た。このまま飛び降りられないこともないが、枝にぶら下がる方が無難だろう。そう思って枝をつかんだまましゃがみかけると、体勢が崩れて、後ろに落ちた。あっという間もなかった。草の上に尻餅をついて転がった。それほど強くは打たなかったが、頭がぼうっとなって、しばらく動けなかった。

大丈夫、と心配そうに明子がのぞき込むので、「平気、平気。これぐらい大丈夫や」と強がってみせた。

「なんでそんなにお転婆なん」

「わたしは木登りが好きなだけや。木に登って高い所から見下ろしてたら、いつもの世界が全然違って見えるんや。胸がスーッとして嫌なことも全部消えていくねん」

「嫌なことなんてあるん」

姉はずば抜けて成績がいい。実力テストの成績上位者の名前が職員室前の廊下に張り出されるが、姉はいつも一番か二番だった。先生たちは、なにかというと姉を引き合いに出す。近所の人も親戚も姉をほめる。「お姉ちゃんはほんとに賢いねえ」という言葉を聞くと、姉に比べてお前は馬鹿だと言われている気がする。母は比べたりしないけれど、高校は公立しか行かせられない、私立は無理と言われている。でも公立に受かる自信はない。

ぽつりぽつりぽつりと思いつくままに話した。そばにかがんで黙って聞いていた明子は、

「美佐緒にも悩みがあったんやねえ」

と言って立ち上がり、スカートについた枯れ草をはらった。わたしも立ち上がって柿の枝を取り上げようとし、手のひらに血がにじんでいるのに気が付いた。

「ちょっとケガしてるわ」

「どこ、見せてみぃ。いやあ、すりむいてるやん。これは洗っといたほうがいいわ。泥がついてるし。ウチのとこに寄って、井戸で洗って行き」

明子は手早く柿の枝を束ねて持つと、先に立って歩き出した。たいした傷ではないから平気だが、心配してくれているのでついて行った。

路地を抜けて井戸まで来ると、明子は柿を横に置いて、ポンプの柄に手をかけて押した。二、三回乾いた音がしてから、布袋をふらませて水がほとばしり出た。手を近づけてそっ

と洗った。少ししみる。手を振って水を切っていたら、明子がポケットからハンカチを差し出した。四角にたたんだまっ白なハンカチだ。

「ありがとう。そやけど、血がついたらとれへんからいいわ」

「大丈夫。うちがうまいことふいたげる」

明子はハンカチを広げてまず指をぬぐい、それから傷に触れないようにして、手のひらをそっと押さえた。

「ほんまに美佐緒はしょうがないなあ。ちょっとはおとなしくしたらどうなん」

年上のような口ぶりに、笑ってうなずいた。

柿を明子と半分に分け、肩に担いで意気揚々と家に帰った。


翌日、学校で顔を合わすとすぐに、明子はけがの具合を尋ねた。わたしは手のひらの絆創膏を見せて「大丈夫」と笑った。そばから智恵が「聞いたで。木から落ちたんやて。美佐緒はほんまにおちょこちょいやなあ」と可笑しそうに笑った。

帰り道でわざとゆっくりと歩きながら、思い切って明子に尋ねた。

「明子の兄さんって、あれこれ命令するの」

「命令とはちがうんや、兄ちゃんは長男で家を継ぐから、ウチらの面倒を見ないかんねん。そやからいろいろ考えてくれてんねん」

「兄さんに逆らいたいことはないの」

わたしは姉の指図が煩わしく、いちいち反発している。

「兄ちゃんのいうことは絶対や。小さい時からずっとハンメにいわれてる。お前たちは兄ちゃんのいうこと聞かないかんって。兄ちゃんは中学卒業したとき、自分から朝鮮高校を希望して行ったんや。それで前よりもっともっと朝鮮人の気持ちが強くなってん。兄ちゃんはウチにも朝鮮高校に来たらいいって、いうねんけど」

「じゃぁ、明子も行くの」

「それは分からんわ。お金もかかるし」

「公立よりも授業料が高いの」

「授業料もそうやし、定期代も高いし。そやからお母さんは毎日残業してるわ。ウチが行ったらまた大変や。働きながら、夜間へ行こかなと思てんねん」

初めて見るように明子を見た。色白の角張った顔。固く結んだ口もと。目はしっかり前に向けられている。なんて大人なんだろう。自分がひどく子どもに思えた。

「ちゃんと家のことを考えてるんやなぁ。知らんかった。しっかりしてるなぁ」

「全然しっかりしてないわ。兄ちゃんに怒られてばっかりや。なんでお前は朝鮮人を隠すんや。恥ずかしがることと違うやろう。お前には民族の誇りというもんがないんか、いうて」

民族の誇り。はじめて聞く言葉だ。急に上村の言葉が浮かんできた。一度だけ会った明子の父。バラックの家。いろんなことが頭をめぐった。

「朝鮮人としての自覚と誇りを持て、っていうねん」

「朝鮮人のこと、悪くいう人もいるからなぁ」

「兄ちゃんは、差別する方が悪い、こっちが悪いんと違う、なんでお前はそこで引き下がるんやって、いうわ。小学校の時から、兄ちゃんは負けてへんかった。なんかいう子がいても向かっていってた。勉強も頑張ってた。アイツらには絶対に負けへん、いうて。そやけど、ウチは兄ちゃんみたいに強くないねん」

最後は一人言のようにつぶやいて言葉を切った。並んで歩くわたしのことも目に入らない様子で、白い顔がますます白くなり、視線を落としてじっと地面を見つめている。

「わたし……明子が朝鮮人やと知ったときは、ちょっとびっくりしてんけど……そんなにいっぱい考えて、悩んでるとは思いもせんかったわ。もっと早く話したらよかった……」

振りしぼって言葉を探し、浮かんでくるものをぽつりぽつりぽつりと口にした。しだいに鼻の奥がぎゅーっと締め付けられて、口をつぐんだ。


文化祭が済んで、だんだん日が短くなった。校門を出たときには、薄曇りの空が低くおおいかぶさっていた。植木畑にさしかかると、周りに人影がなくなった。

「あのなぁ、ウチなぁ、国へ帰ることになってん」

なにを言っているのだろう、明子は。あっけにとられて立ち止まり顔を見つめた。明子も足を止めた。口を引き結んで、遠くを見つめている。

「それは、どういうこと。国ってどこなん」

「国というのは、共和国のことや。北朝鮮に帰るねん」

「なんで、なんで帰るん」

「ハンメも、もう歳やし、元気なうちに祖国を見せたいって、お父さんはいうねん。ウチの家は、南の出身やねん。そやけど、南には帰られへん」

「なんで帰られへんの」

「南は朝鮮戦争からまだ立ち直ってないねん。そやから受け入れられへんねん」

「北は、違うん」

「共和国は復興してて、帰りたいという希望を叶えてくれるねん」

「それで、北に帰るの」

「お父さんは学校の先生の資格があるけど、日本にいたら、先生ができへん。いつまでもくず屋しているわけにいかんから、国に帰るって、お父さんが決めてん」

学校の先生という言葉が誇らしく聞こえた。一年生のとき、四つ角で出会った明子の父の姿が頭をよぎる。学校の先生ができるのに、古い鍋とトタン板を積んだリヤカーを引っ張っていたのか。

「帰ったら、先生の資格を生かすこともできるって、お父さんはいうねん。北朝鮮は全然知らん土地やけど、いま帰れるのは北しかないから、家族で帰国することにしてん。そのうち祖国が統一したら、南にも行けるし」

ぽつりぽつりと、自分に言い聞かせているような口ぶりだ。

「でも、急な話やなぁ」

「ちょっと前から、話は出てたみたいやけど、うちらには話してなかったんや。今朝登校するとき智恵に話したわ。明日になったら洋子に話すけど、ほかの人にはいうてないから、黙っててよ」

「うん、わかった。智恵はなんていうてた？」

「えらいびっくりしてたわ。なんで帰らないかんの、日本にいたらいいやんかって」

物語の中の出来事みたいで、目の前の友達の身に起きている現実だという気がしない。しかし明子は海の向こうへ行ってしまう。もう会えなくなってしまう。やはりこれは本当のことだ。いまとてつもなく重大なことが明子の身に起きている。そんな大事なことを打ち明けられたのだと思うと、胸がふわんとふくらんでいく。大きく息を吸い込み、それから肩を寄せて歩き出した。

「ウチも妹も朝鮮語を話されへんから、帰ったら困るやん。そやから、この間から、毎晩習いに行ってるねん」

「朝鮮語って、難しいん」

「そんなことないで。家で聞いてたから、ちょっとぐらいは分かる」

明子が少し笑顔になった。

「いつ帰ることになるん」

「まだ、決まってないねん。そやけど、そんなに先の事ではないらしいわ」

今すぐに去ってしまうわけではないけれど、離れたくない気がして、四つ角を渡ってついて行った。

路地を抜けて、井戸のところまできた。さっきまで誰かが使っていたのか、四角いコンクリートの床が濡れて、排水の穴に水が光っている。靴をぬらさないように、明子と並んでコンクリートの縁に立っていた。見上げるとすっかり葉を落とした柿の木が、井戸の屋根に枝を広げている。それを目にしたら急に登りたくなった。

手を伸ばして枝をつかむと、幹に足をかけてよじ登り、てっぺん近くの枝に立ってあたりを眺めていた。家々の屋根が目の下に見えた。トタン板の古いのや新しいのが張り合わされて、継ぎ当てのようだ。細い棒を渡して打ち付け、規則正しく丸い石が並んでいる。下から明子が見上げて「パンツ丸見えや」と笑っている。妹も出てきて見上げている。

「アッ、兄ちゃんや」突然明子が叫んだ。

見ると、わたしたちが入ってきたのとは別の路地から、黒い学生服姿の人が現れた。一番上の金ボタンまできっちり留め、黒いカバンをさげてゆっくりと近づいてくる。声をかけるのかと思ったら、無言でわたしをじろりと見上げた。目があった。こわばった顔。射るようなまなざしに身がすくんだ。兄はわたしの足元までゆっくりと視線をすべらせた。それから前を向き、黙って明子の前を通り過ぎると、家の中に入って行った。すぐに木から下りた。明子は顔を引きつらせて立ちすくんでいる。もっと遊んでいるつもりだったが、切り上げて帰ることにした。「もう帰るわ」と言うと、明子はうなずき、すぐに走って家の中に姿を消した。

路地を抜けて広い通りに出た。きっと今頃、しかられているに違いない。なんであんな奴を連れてきたとか、遊ぶなとか言われて。明子に悪いことをした。

兄の目が頭から離れない。あんな目は初めて見た。怒りがほとばしり出ていた。木に登ったことがそんなに許せないのだろうか。女らしくないとか、人の家の庭先に入り込んで我がもの顔に騒いだという理由で、あんなに怒るだろうか。それだけではない気がする。目から発射された光線のようなまなざし。体ががんじがらめに縛りあげられたようで重い。身をふりほどくように一歩ずつ、ゆっくりと足を運んでいった。

家に帰ると、台所にいる母に、聞いたばかりの帰国の話を知らせた。

「そういえば、そんなことが新聞に載ってたわ」と言ってから、「そらあ、人間誰しも、自分の国に帰りたいもんやろうよ」としんみりした口調で付け加えた。母を手伝って皿に盛りつけながら、明子の家は南の出身で、北は全然知らない土地なのだと、聞いたままを興奮して話し続けた。

日曜日、夕食の後こたつで新聞を読んでいたら、北朝鮮帰還の文字が目に入った。明子が話していたのはこれだ。新潟の日赤センターで帰還業務が始まり、明日十四日に最初の船が出港すると書いてある。

「解放感にひたる若い世代」という見出しのところに、朝鮮高校生のインタビューが載っていた。明子の兄も朝鮮高校生だ。どんなことを言っているのか、興味を持って読んだ。

《日本は僕の生まれ故郷だ。忘れようったって忘れられない。……そしてまた日本へ来たい。だが、今までのように差別の目で見られるのはもうご免だ。僕はまっ黒になって働く父の姿をみて耐えられなかった》

日本人には朝鮮人の悪い面だけしか目に入らないようだ、という言葉もある。明子の兄もこんな気持ちを持っているのだろうか。柿の木に登るわたしに向けられた兄の目、射すくめるようなまなざしがよみがえり、思わず身震いした。わたしも朝鮮人の悪い面だけを見ているのだろうか。

次の日の夕刊に大きく第一回目の帰国船が出港したことが載っていた。北朝鮮赤十字代表団副団長の談話を、何度も読み返した。

《職業は帰還者の希望どおり工業面にも農業面にも向ける。社会主義国では失業はない。教育も希望や程度によって受けさせる》

《日本から一銭も持ち帰らない帰還者も政府が準備金を支給し、衣食住の面倒を見るから、心配しなくていい。病気になっても保険があって、なおしてもらえる》

北朝鮮はいいことばかりだ。帰ったら明子はバラックに住まなくてもよくなるのだ。帰国する人々の声を載せた記事も読んだ。「なぜ帰るのか」と聞かれて、「日本に差別があるから」とみんなが答えている。そしてどの人も、仕事に就けない苦しさを口にする。日本には、そんなに差別があるのだろうか。

新潟から出航するクリリオン号の写真。見送る人々と船上の帰国者を結ぶ無数の紙テープ。涙で見送る人々。明子たちもこうやって、船で行くのだ。

次の日クラブが済んで帰るとき、明子に尋ねた。

「新聞に書いてあったけど、帰ったらどんなんやろう」

「今少しずつ学習してるところやねん。失業がないし、生活の面倒を国が見てくれるんや。

お金がなくても学校へ行けるし」

「病気になっても、保険でなおしてもらえるって、書いてあったな」

「兄ちゃんは学校で学習して、くわしく知ってるわ。帰ったら、祖国建設のために力いっぱい働ける、いうて喜んでる。一日も早く帰りたいねんて」

そして急に口調が変わった。

「国が日本に植民地支配されて、生活できなくなって、私の家は日本に来ました。日本が戦争に負けて、朝鮮は日本の支配から解放されて、すぐに国へ帰った人も大勢います。父も帰国したかったけれど、わたしが母のお腹の中にいたから、見合わせているうちに、妹が生まれて、そのうち朝鮮戦争が始まりました。戦争は終わったけど、国が北と南に分断され、帰ろうとしても帰れなくなったんです」

スピーチを暗唱しているみたいだ。支配、解放、分断という聞き慣れない言葉が飛び出し、なんだか明子が別人になった気がする。

「昔はひどかったって、ハンメがいうてたわ」

「なにがそんなにひどいん」

「ハンメが国にいたとき、道歩いてたら、いきなり警官に墨ぬられたって」

「墨なんかぬって、どうするん。なんでそんなことしたんやろう」

「朝鮮人は白い服を着るやん。それを日本人みたいに色ものにしろって、いうねんて」

井戸のところで会ったハンメ。裾まである白い服が船の帆みたいにふくらんでいた。あの白い服に墨なんかぬったら、汚れてメチャクチャになってしまう。

「ひどいことしたんやなぁ。前からそんな話、知ってたん」

「最近になってハンメが話してくれてん。細かいところはわからへんから、兄ちゃんが教えてくれるねん」

「そんな話聞いたら、日本人が嫌いになったんと違うん」

並んで歩く明子の方をうかがった。

「初めに聞いたときは腹がたったけどな、そやけど昔の話やから。ウチらは、ウチらや」

ゆったりとした足取りで歩いていく。

わたしは、ウンと答えた。ウチらは、ウチら、その言葉が、熱いお茶を飲んだときのようにじんわりと腹の中にしみ渡った。

4

三学期半ばのホームルームの時間に、担任が来週梅田まで映画鑑賞に行くことになったと告げた。『火山の驚異』という映画だ。学年行事費に余裕ができたので、急に決まったということだ。教室は一斉にざわめいた。

昼休みに、智恵の机のまわりに椅子を寄せて三人で弁当を食べていた。先に食べ終わった智恵が急に顔を近づけ小声で言った。

「せっかく梅田まで行くんやろう。学校の映画はどうせおもしろないし、それにすぐ終わるやん。そやから、梅田に残って、ほかの映画を見たらどうやろう。ウチらが見たいのを」

智恵の大きな目がかわるがわる二人に向けられた。目が大きくなると白目の青さがきわだつ。

明子もわたしもすぐに乗り気になり、話が決まった。わたしは学校の映画鑑賞の経験しかなかったので、自分が選んだ映画を見ると思うだけで、わくわくした。大人になったような気分だ。それに電車賃が出るから、そのまま帰ってしまうのはもったいない。

どんな映画を見よう。今なにが上映されているのだろう。姉に聞けば教えてくれるはずだが、寄り道するとわかれば、うるさく反対されるから聞けない。毎日昼休みに相談したが、なかなか決まらない。時間ばかりがたって、学校行事の日が迫ってきた。

「どうする。もうそろそろ決めなあかんわ」明子が不安な顔で言う。

「昨日家でその話したら、お父さんが夕刊に載ってたこれがいいんと違うかっていうねん」

智恵が『十三階段への道』という題名をあげた。おもしろそうだ。

「ニュールンベルグ裁判の映画で、ナチスのドキュメンタリーや」

と言ってから智恵が説明を続けた。ドキュメンタリーとは本当にあったことを記録したものだ。題名の十三階段は、死刑台に上がる階段が十三段あることからきている。ナチスの戦犯が死刑判決を受けて絞首刑になる。もう中学生なのだから、戦争犯罪のことをきちんと知っておくといいと父が言った。

それでようやく決まった。智恵が映画館の場所と上映時間を父に聞くことになって、計画ができあがった。後はその日を待つだけだ。

当日は三時間目まで授業があり、それから昼食をすまして学校を出る。出発の前に教室で担任から説明があった。終わると、担任は黙ったまま丸い眼鏡の奥からわたしたちを見回した。野球部の顧問をしているので、背が高くて、ごつい。日焼けして黒光りするその顔を、わたしは上目遣いに見上げた。何を言い出すつもりだろう。

「今日はみんなそろって電車で行き、みんなそろって電車で帰る。勝手に生徒だけで梅田に残ってはダメだ。いいか、わかったか」

断固とした口調だ。とんでもないことになってしまった。きっと、他にも梅田に残って遊ぶ計画を立てている者がいて、それが先生に知られたのだろう。

梅田に向かう電車の中は生徒でひしめき合っている。三人はドアの所に身を寄せて、どうすれば残ることができるか相談した。名案は浮かばない。智恵は目をきょろきょろさせて「どないしよう」と言うばかりだ。明子は口をきつく結んで外を見ている。ぐずぐずしていると梅田に着いてしまう。

「生徒会だけ、梅田に残るんやて」

「そんなら、おれ等はなんで残ったらあかんねん」

「ずるいわ、そんなん」

「顧問の先生がついてるから残ってもええねんて。そんでもおかしいわ」

口々に騒ぐ声が車内に響いた。くるっと振り向いた明子と目が合った。目が光っている。

「やっぱり、行こ」明子が口早に言った。

「そんでもどうやって抜け出すんよ」智恵は心細そうだ。

「とにかく、映画に行く。それをまず決めるねん。どうやるかは、後で考える。いったんはみんなと一緒に電車に乗って、それから途中で下りるしかないと思うけどな」

わたしは決めつけるように言った。智恵は自分で言い出したことなのに、えらく弱気になっている。先生に止められたからといって、あきらめたりなんかしたくない。

「そんなことして、先生に見つかったらどうするん」

「大丈夫やて。見つからへんようにしたらいいねん。それともやめて、帰るか」

こう言えば、きっと智恵は行くと言うはずだ。

「いや、帰らへん。やっぱり見たいわ。せっかく計画たてたんやもん」

智恵がようやく決心したとき、電車は淀川の鉄橋を音立てて渡っていった。もうすぐ梅田だ。

『火山の驚異』の上映中も、映画どころではなかった。終わってから二列に並んで梅田駅まで歩いた。駅に着くと、担任から一人一人に帰りの切符が渡された。改札を通るまでに、なんとか抜け出せないかとすきをうかがったが、先生たちはずらりと並んで見張っている。先生と並んで立つ生徒会のメンバーを横に見て、改札口に向かった。しぶしぶ一番最後に改札を通り、駅員の手で切符にはさみを入れられてしまった。これで帰りの電車賃を自分で出すはめになった。

ホームに電車が並んでいる。わたしは「あれに乗ろう」と各駅停車を指さし、三人は最後尾の車輌の一番後ろのドアから乗り込んだ。すぐに電車が動き出した。車内は同級生で満員だ。気づかれずにうまく下りられるだろうか。しだいに息が苦しくなってきた。

中津駅に着いた。ドアが開くなり飛び下りた。ふり返ると、車内で男子生徒がこちらを指さして何か言っている。しまった、見つかった。線路にはさまれた狭いプラットホームを夢中で走った。明子がものすごいスピードで横をすり抜けて、追い越していった。階段を駆け下りて暗い地下道に入ると、急に笑いがこみ上げてきた。明子は体を二つ折りにしてお腹を抱えて笑っている。

映画館に着くとすぐに上映が始まった。

最初に、MPに両脇を抱えられた男が現れて、階段を上っていく。頭に黒い袋がかぶされ、首に縄がまかれる。足下の板がはずれて男が宙にぶら下がる。いきなり度肝を抜かれてしまった。

広場でカギ十字の旗が、寄せる波のようにひるがえる。一糸乱れず足を高く上げて行進する兵士の列。チョビひげのヒトラーが腕を振り上げ演説している。群衆がいっせいに右手を高く上げ「ハイルヒトラー」の大合唱が響き渡る。貨車から下ろされ、強制収容所へ送り込まれる子ども連れの家族。胸に星の印をつけたユダヤ人だ。

戦争が終わって、連合軍が強制収容所にやってきた。アイゼンハワーの一行だ。うずたかく積まれた枯れ木の山が写る。それがアップになっていき、ようやく人間の死体だと気がついた。文字通り骨と皮なのだ。死体焼却炉には焼け残った死体があった。刺青をした人間の皮膚で作ったランプの傘、ブックカバー。

収容所のあたりから頭がぼうっとなって、ただ画面を見続けていた。裁判長が「デス・バイハンギング」と判決を下す声が耳に残った。

映画館を出ると、夕方の街を人の波が流れていく。その中に混じって駅に向かった。人々はなぜ平気な顔で歩いているのだろう。体は梅田の街にあっても、頭はまだ映画の世界にいる。紫や赤のネオンが灯り、暮れかけの空ににじんでいる。

電車に乗ってから「怖かったなあ」と智恵が初めて口を開いた。わたしはうなずいた。声が出ない。

「ナチスはなんであんなことしたんやろう。よっぽどユダヤ人のことを憎んでたんやろうな」

明子は考え込む様子で言うと、後はずっと窓の外を見ている。なんとなく、明子の見方はわたしとは違う気がした。時々明子は今みたいにじっと遠くを見つめている。まばたきもせず、何を見ているのか。目の前にあるものではない、何かを見ている。わたしには見えないなにかを。


期末テストが始まった。テストは二時間で終わるので、今日は智恵も一緒だ。歩き出すとすぐに智恵が口を開いた。

「今度、京都にある大学が音楽学部をつくることになって、それでお父さんに来てほしい、いうてきたんや。音楽学部ができるのはまだ先やけど、準備のために人がいるねん」

智恵がまじめな顔で話すときは、あまりいい話ではない。

「前にも話があって、その時は断ってんけど、またいうてきてん。お父さんはだいぶ考えてたけど、決めたんやて。昨日そういってた」

「じゃあ、大学の先生になるん」

「もともと、お父さんは師範学校の先生しててん。師範学校は今、大学の教育学部になってるけど。自分でじかに合唱指導をしたいと考えて、平尾小学校に勤めてん」

そんな偉い先生だとは知らなかった。智恵も行くのだろうか。

「じゃ、智恵はどうするん。京都に行くん」

「そうやねん。三年生から転校するねん」

やはり転校するのか。

「お父さん、ここから通われへんの。引っ越しせんでも通えるんとちがうん」

「京都の北の方やから無理やわ。お父さんは三月までは、平尾小学校に勤めるけど、大学にも顔を出さないかんから先に引っ越すことにしてん。兄ちゃんも一緒や」

「せっかく友達になったのになぁ」

ため息がでた。二学期でクラブをやめて、今度は転校。

「じゃぁ、もう三人で会われへんねんなぁ」

口に出して言うと、別れることが急に現実味を帯びて感じられ、じっとしていられなくなった。

「いいこと考えたわ。これから三人で裏山に登ろう」

すぐに話がまとまり校門を出ると道路を横切り、住宅地を抜けて山に向かった。裸になった木々の間の道を行って高く登った。わたしを置いて二人は前を行く。

一息入れて見下ろすと、植木畑には、緑に赤が点々と散らばる椿が満開だ。校舎の屋根とグランドがはるか下に小さく見える。

智恵は転校し、間もなく明子は日本を離れる。三人がそろうのはあと少しの間だ。なにもかも振り払うようにして、どんどん登っていった。息が弾む。風に吹かれて髪の毛が顔にかぶさる。

展望台に着いた。目の下に川が曲がりくねって流れ、川のそばには飛行場の滑走路が横たわっている。右手には山並みが続き、ひときわ高いのが六甲山、手前に小さくお椀を伏せたようなのが甲山だ。よく晴れて、はるか遠くまで見渡すことができる。汗ばんだ肌に風が心地よい。

「あっ、海！」明子が叫んだ。

「どこに」

「こんなとこから、海なんか見えへんやろ」

指さされた方に目をこらすと、空との境目が鏡のかけらのように細く光っている。

「ほんまや、海や」

「うわぁ、ここから海が見えるんや」

「大阪湾や」

声が弾む。わたしたちは海を見つけたのだ。

すべての光が束となって海にふりそそいでいる。身じろぎもせず、長い間光る海を見つめていた。


三年生になって最初のクラブ活動の日、掃除に手間取り、一人で美術室に行った。机を動かしたり立ったまま話に熱中したりして騒がしい中で、すでに描きはじめている者がいる。窓際に立てかけてあるイーゼルを取りだそうとしていると、上村が笑いを浮かべて寄ってきた。

「栗山さん、転校したんやて」

またなにか変なことを言いだすに違いないと警戒しながら、「そうや」と答えた。上村は笑顔のままである。

「栗山さんは学校の先生の子どもやから、仲良くしてた方が得や、ってうちの親がいうてたんや。うちの親も先生やねん」

上村の顔をまじまじと見た。損得を考えて友達を選ぶように、と言う親がいることに驚いた。しかもそれが学校の先生だとは。そんな考えの先生は嫌いだ。

上村は笑いを引っ込め、眼を細めてこちらを見ている。

「友達選ぶときはちゃんと考えなあかんって、いつも親からいわれてるねん。そやけど、栗山さんが朝鮮部落に住んでるなんて、全然知らんかったからびっくりしたわ。栗山さん、引っ越ししてほんまによかったわ。朝鮮部落から出られて、うれしいやろうなぁ」

「なにいうてんの！　変なことといわんとき」

思い切りにらみつけた。上村はあごを突き出し何か言いかけたが、急にきびすを返して行ってしまった。肩で息をした。

ふり返ると、明子が立っていた。

「あっ、明子、いてたん……。ほんまに上村って、いやな奴や」

明子は上村の去った方を目で追ったが、なにも言わなかった。

それから数日後、帰り道で明子がにこにこしながら肩を寄せてきた。よほどうれしい話があるのだろう。

「なぁ、知ってた。知らんやろう。ナイロンを発明したんは北朝鮮の人やねんで」

なあんだ、明子自身の事ではないのか。それに確かナイロンを発明したのは、アメリカ人だと習った。

「それ、違うよ」

「そんなことないって。朝鮮人やねん。昨日な、朝鮮語習ってるとこで教えてもらってんから」なおも明子は言い張る。

「やっぱりそれは間違ってるわ。あ、思い出した。アメリカのデュポンとかいう会社の発明や」

「違うって、美佐緒が知らんだけや」

「嘘やで、それは、インチキや」

明子の顔がこわばって、目がつり上がっている。しまった、言い過ぎたと気づいたが、そうなるとよけいに言いつのってしまった。

「インチキやて、絶対に。明子はだまされてんねん」

「どこがインチキやねん！　嘘なんか絶対いわへんわぁ。自分こそなにも知らんくせに、よういうわ」

明子は顔をまっ赤にして、細い目をつりあげにらみつける。激しい口調で突っかかってきて、とうとう言い合いになり、その日は気まずく別れた。

ナイロンを発明したのはアメリカ人なのに、どうしてそんなウソを教えるのだろう。明日になってもまだ明子が言い続けたら、どうすればいいのか。

次の朝、教室に入ると、窓のそばに立つ女子の中に明子がいるのが目に入ったが、そのままままっすぐ自分の机に向かった。席についてカバンを置き、中から一時間目の英語の教科書とノートを出した。前を向いて座っていても、そわそわと落ち着かない。必要もないのに筆箱を開けて鉛筆をそろえ、時間をつぶした。背後から肩をたたかれ、ふり返ると明子が立っている。口の端を少し上げて笑っている。

「おはよう。昨日のあれは、違ってたわ」

「ああ、おはよう。ナイロンのこと」

「あれはナイロンじゃなくて、ビニロンやねんて」

「ビニロン。ナイロンと違うん。そうやったん。昨日は言い過ぎたわ。ごめんね」

「いいねん、ウチの勘違いやってんから」

一気に昨日からのわだかまりが溶けていく。

ビニロンという言葉は、聞いたことがなかった。

帰り道で、二人きりになると明子は熱っぽく続きを語った。京都大学に勤めるイスンギ博士が戦争中にナイロンよりも丈夫な繊維を発明した。それがビニロンである。とても誇らしそうに話す明子は、今までとはまるで違って見えた。

「イスンギって、朝鮮人の名前なん」

「そう、リショウキ。リは木の下に子、ショウは一升、二升の升、キは基礎の基や。李升基とかいて、イスンギと読むねん」

「じゃあ明子の名前はなんていうの」

「ウチは金明子」

「金さんか」

「金明子、キムミョンジャ」

「キムミョンジャ、いいにくいな。キムミョンジャ」

「イェ」

きょとんとしているのを見て、明子が空を仰ぐようにして笑った。はじけるような笑いに面食らった。

「なに、どうしたん」

「イェは、日本語の、ハイ、やねん」笑いを納めて説明する。

「ああ、びっくりした。何をいうてんのかと思った。ハイは、朝鮮語でイェっていうんか」

別れてひとりになって坂を上りながら、初めて知った名前を胸の中で呼んでみた。

「金明子」「キムミョンジャ」

木村明子とはまったく別のひとみたいだ。

中間考査が近づいた。明子と連れだって校門を出て、植木畑の道をぶらぶらと歩いていった。川の向こう岸に立つ大きな木が、薄紫色の花をいっぱい咲かせている。花がふんわりと雲のように盛り上がり、甘い香りが漂っている。思わず足を止めて見とれた。絵に描きたい。だが薄紫色を出すのが難しそうだ。

「見てみて、あの薄紫の花。きれいやなぁ」

明子は足を止めてちらっと目を向け、軽くうなずいた。

「ウチなぁ、明日出発することになったわ」

「そんな、急すぎるわ」

花もすっかり吹き飛んで、明子の顔を見つめた。つるりとした白い顔がこちらを向いている。

「ほんまに、明日行くのん。なんでもっと前からわからへんの」

明子はちょっと笑った。それから二人並んでゆっくりと足を運んだ。

「明日帰るんかぁ。とうとうやなぁ。わたしら、もうこれっきり会われへんのかな」

「そんなことないと思うけど」

「帰ったら、日本のこと、忘れてしまうんかなぁ」

「それはないわ、絶対。生まれて育った土地なんやから」

「手紙を出すわ。住所教えて。ああ、まだ住所は分からへんな」

「落ち着いたら、手紙送るわ」

「よろしくお願いいたします」

おどけて、そう言うと深々とお辞儀をした。明子もまじめくさった顔で「承知いたしました」と言って礼を返したので、二人は笑った。

それから後は、黙って歩いた。もっともっと話したいことがあったのに、なにも浮かばない。砂利道を下る二人の足音だけが聞こえる。

明日離れて行くこの町は、明子にはどんな場所だったのだろうか。

「体に気をつけて、元気でね」

「美佐緒も元気でな。もう、荷物もまとめたし。全部は持っていかれへんけど」

ふと、一年生の夏休みに作った石膏像のことを思い出して尋ねた。

「あれは壊れるから、持っていかへんわ」

「それやったら、わたしにちょうだいよ」

「ええよ、じゃあ美佐緒が持ってて」

「よかった。大事に持っとくから」

なんだかおかしくなって、二人で笑った。

その足で寄り道して、石膏像をもらって帰ることにした。明子の後について路地に入っていった。ここへくるのは、これで四度目だ。井戸の所で待っていた。十軒ほどのバラックが身を寄せ合うように立っている。どこからか、たき付けを燃やすような匂いが流れてくる。

明子が家から出てきて、紙包みを渡してくれた。ずしりとした重みが手に乗った。

「ありがとう。元気でな……」

涙がこぼれそうになった。うつむいて、黙って手を差し出した。明子も手をだした。色白で手のひらの広い手。握ると、ぎゅっと握り返す。しっとりして柔らかく、温かい。顔を上げて明子を見た。口をへの字にしてくいしばり、しきりにまばたきをしている。握った手を振って、うなずき合った。

「じゃあね、バイバイ」

「うん、じゃあね、バイバイ」

いつもは二人とも「バイバイ」の後に「またあした」と付け加えるが、そうしなかった。明日はないのだから。

うす暗い路地を急ぎ足に通り抜けた。

帰ってすぐに部屋に入り、手にした包みを開けると、中から白い石膏の明子が現れた。それを本棚の上にそっと乗せた。

次の日はよく晴れて、青空の端に白い雲が浮かんでいた。

昼休みに、一人で渡り廊下に立って校庭を眺めていた。学生服を脱いで白いカッターシャツ姿の男子たちが、歓声を上げてサッカーボールを追っている。ふと気がつくと洋子が隣に立っていた。しばらくの間二人とも黙っていた。

「明ちゃん、とうとう行ってしまったね」

洋子もさみしいのだ。

「ほんまや。いつごろ船が出るのかな」

「さあ、しばらくは新潟にいるのと違うかな」

「智恵は転校するし、明子は行ってしまうし……」

「智恵ちゃんも明ちゃんも、小学校の時からずっと一緒やったからねえ」

と、言って洋子は口をつぐんだ。男子の声がグランドに響く。ふいに洋子が向き直った。

「うちのお母さんはコーラスやってて、智恵ちゃんのお母さんが指導してるから、親しいんやけどね、智恵ちゃんのお母さんは、京都に行かんと残ってるんよ」

そういえば、転校の話のとき、父と兄は一緒に行くと言っていたが、母には触れなかった。

「ピアノ教室とコーラスがあるから、こっちに残るということにしてるけど、ほんまは別居、離婚するんやて」

驚いて洋子の顔を見つめた。洋子は深刻な顔で続ける。

「智恵ちゃんのお母さんは朝鮮人やねん。実家はすごい名門の家柄で、上野の音楽学校に行かしてもらってね。そこでお父さんと好きあって、親に猛反対されたけど、押し切って結婚してん。そやけどだんだんと気持ちが離れていって、もうだめになってしまったんやて。実家も没落したそうやし」

お母さんが朝鮮人。智恵はそんなことはひとことも言わなかった。

朝鮮人の気持ちが強いという明子の兄のことを話していたとき、ハンメの話のとき、智恵はどんな顔をしていたのか。思い返してみるが、いつもの智恵しか浮かばない。大きく見開いた目をくりくりと動かしていた。白目のところが、春の空みたいにうっすらと青い目。

見えていた世界、見えなかった世界。ぼう然としてその場に立ち尽くしていた。

放課後一人で学校を出て、いつものように畑の中を行き、川沿いの道を下って四つ角に出た。しばらくためらっていたが、思い切ってまっすぐ進んで路地に入った。家に沿ってゆっくりと足を運んだ。湿った空気が足元にまとわりつく。一人で来るのは初めてだ。井戸のところに出ると、智恵の家の前まで行った。以前と少しも変わった様子は見えないが、智恵はいない。お母さんだけが残っている。

それから明子の家に回ると、いきなり大きな板が目に飛び込んできた。戸口に真新しい板切れがはすかいに二本打ち付けてある。近づいて板切れに手をふれた。荒削りの表面はささくれている。

井戸のほとりに戻ると、長い間たたずんで二つの家を交互に眺めた。離れたところのバラックから、小学生の女の子が現れてこちらの様子をうかがっていたが、また戻って行った。見上げると、柿の青葉が光をあびて揺れていた。

中学卒業五十年記念の同窓会で、卒業以来初めて洋子に会った。明子のことを尋ねてみたが「全然わからへんねん。あれっきりなんよ。無事でいるんやろうか」と、眉をひそめた。

北朝鮮の飢饉の報道を耳にすると、明子を思う。今、どうしているのだろう。食べていけているのだろうか。にがさがこみあげる。

かつてここにあった明子の家も周りの家も、井戸も柿の木も、消え去ってしまった。それでも何か残っていないだろうか。地面に目を凝らして歩く。土をかぶった四角いコンクリート板を見つけた。井戸のふただ。きっと井戸の水は涸れずにあって、ふたを取りさえすれば汲めるだろう。だが今はもう汲む人はいない。

コンクリート板のそばに、切り株があった。樹皮がはがれた脇から、柿は細い枝を伸ばし、緑と黄のまだらの葉をぶら下げている。身をかがめて手で触れると、乾いた手触りがした。

《参考文献》
＊朝日新聞（大阪本社）　一九五九（昭和三四）年一二月一三日・一四日
＊『北朝鮮帰国事業関係資料集』　一九九五年　新幹社

鈴ちゃんのマックス

1

夕飯の後、あたしは茶の間でぬりえをして遊んでいた。父ちゃんはするめをかじりながらまだ酒を飲んでいる。母ちゃんが台所から燗徳利を手にして現れ、横に座って言った。

「三階建ての洋館に張り出したベランダがあるでしょ。あそこへ寝椅子を持ち出して、金髪の女がまっ裸で寝そべってるそうですよ。裸やのに、黒眼鏡をかけて。向かいの家から丸見えなんですって」

父ちゃんは盃を手に、くすっと笑った。

「そらきっと、日光浴してるんやろう」

「なんでわざわざ日焼けするんですかねぇ」

母ちゃんは不思議そうだ。

「アメリカ人のすることは分からん。伊丹市内では、このあたりの洋館が一番先に進駐軍に接収されてしもたわ。板の間と水洗便所がないと暮らせんらしい」

家には水洗便所も板の間もない。台所以外は畳で、便所は汲み取りだ。

次の日、兄ちゃんが学校に行ってしまった後、あたしは庭に面した縁側に立って、ガラス戸越しに外を眺めた。空き地の向こうに、昨日母ちゃんが話していた洋館が見える。白い壁の三階建て。石垣の上の垣根には白いバラの花がたくさん咲いている。洋館にも垣根にも朝日が当たって、白く輝いて見える。あそこにアメリカ人がいるのだ。

アメリカ人は道をはさんだ北隣の洋館にもいる。屋根が緑色の二階建てで、門の前を通ると広い芝生が見える。

洋館わきの小さな二階家に、兄ちゃんの同級生の純子ちゃんがお母さんと二人で住んでいる。小母さんは洋館のメイドをしている。純子ちゃんのお父さんは南方で戦死したと母ちゃんは言う。

小学校が夏休みになって、兄ちゃんは家にいる。朝のうちは宿題をしたり庭でセミを取ったりしている。昼ご飯がすむ頃、純子ちゃんが遊びに来る。

その日も純子ちゃんが遊びに来て、庭で水をまいて遊んでいると「外へ行こうか」と兄ちゃんが言い出した。二人についてあたしも門を出た。

「富美子の面倒を見なさいよ」

母ちゃんの声が後ろから追いかけてくる。

空き地を過ぎて角を曲がると、瓦も壁も黒いあたしの家が見える。道の草が足にからんで歩きにくい。土が出ているところを選んで二人の後を追う。二人は前になったり後ろになったりして進み、四つ角のところで立ち止まったので、ようやく追いついた。そこから先には見渡す限り畑が広がり、まん中に木が一本ぽつんと立っている。すぐわきに野壺があった。表面は乾いて茶色い皮が張っている。近づくとむわーっとした臭いが鼻に入ってくる。

兄ちゃんが両手で大きな石を抱えて投げ込んだ。ドボーンという音がして、少し経ってから下肥が飛び出し、ぼてりと地面に落ちた。二人がキャアキャアと笑う。あたしも笑う。次に、兄ちゃんは「見ててみ」と言って石を投げ込むとすぐに、野壺の前を走り抜けた。後からゆっくりと茶色いものが降り注ぐ。離れた場所から振り返って兄ちゃんは「やった！」と叫んで笑っている。

「純子ちゃんも、早よやってみぃ」

「いやぁ、失敗したらどうしょう。ウンコまみれになるやんか」

純子ちゃんはしばらくためらってから「やあっ」と声をかけて石を投げ込んですぐに走った。後からしぶきが飛ぶ。純子ちゃんは兄ちゃんのそばまで走っていき、そこで二人は体を折り曲げて笑い転げている。

兄ちゃんがまた石を投げ込んだ。あたしの番だと思って駆け出した。野壺の前に来た時、茶色いものが上から降ってくるのが見えた。とたんに足がすくんだ。重たいものがべっとりと頭にかぶさり、目がふさがった。手でねばねばを拭って、ようやく目が見えるようになった。二人がそばに走り寄って来た。

「えっ、どないしょう。えらいことや」

兄ちゃんの声にあたしは泣きだした。

「なあ、富美ちゃん、泣かんとき。なあ、泣いたら母ちゃんに聞こえるで」

あたしは泣き声を飲み込んだ。

「そうや、うちのお母さんのとこに行こう。洗ってアイロン当ててもらおう」

「そうしよう。なあ、大丈夫やて」

兄ちゃんがあたしの手を引いて走る。洋館の裏門から台所の土間に入り、純子ちゃんがお母さんを呼んで来た。小母さんはあたしを見て立ちすくみ「まあ」と言って口を開けている。

「泣かなくていいから、大丈夫よ。小母さんがきれいにしてあげる。洗ってアイロンかけたらすぐに乾くからね」

優しい声に、あたしはまた声を上げて泣いた。小母さんはワンピースとパンツを脱がせ、井戸のポンプをカタカタ言わせて、あたしの頭から水をかけた。

「髪の毛の中までこびりついてて、なかなか取れないねえ」

つぶやきながら、石鹸を付けて何度も洗い、冷たい水をかける。あたしは頭をいっそう低くした。終わると大きなタオルでくるんで、「ちょっと大きいけど、純子のパンツをはいててね」と言うと、かがんでパンツを渡してくれた。

小母さんは井戸端で汚れた服を洗って部屋に入った。あたしたちもついていく。中はむっとして暑く、アイロンをかけたワイシャツやワンピース、敷布がロープに下がっている。あたしは泣きやんでタオルを羽織って部屋の隅にしゃがみこんだ。

「あんたたち、駄目じゃないの。富美子ちゃんはまだ幼稚園にも行ってないんだから、ちゃんと面倒を見ないと。ほんとに馬鹿な遊びをするんだから。ねえ、富美子ちゃん、小母さんがよく叱っとくからね」

小母さんは立ったまま台の上でアイロンをかけながら、あたしに笑顔を向けた。あたしは黙ってうなずいた。二人はすぐに普段の調子に戻って、兄ちゃんが純子ちゃんをからかい、純子ちゃんが笑いながら追いかけ、部屋の中をぐるぐる走りまわった。

突然、ドアが開いて女の人が現れ、叫び声をあげた。茶色い髪の、眼鏡をかけた大柄な人だ。肌は白くて赤く、変な色をしている。この家のアメリカ人だ。兄ちゃんと純子ちゃんはピタリと動かなくなる。あたしは女の人を盗み見た。

小母さんは笑みを浮かべて答えている。きっと英語だ。女の人は花柄のワンピースの腰に手を当てしかめっ面で立っていたが、両手を広げてひらひらさせ早口でしゃべると、くるりと向きを変えてドアの奥に消えた。あたしたちを早く追い出せと言ったのだ。あたしはしゃがんだままじっとしていた。

「さあ、きれいになったから、もう着られるわよ」

明るい声で言うと、アイロンの当たったパンツとワンピースをあたしに差し出した。着てみると、まだ少し湿ってなま温かい。

門を出ると、兄ちゃんがあたしの顔をのぞき込んで、優しい声で言った。

「なあ、母ちゃんにいうたらあかんで。いうたら怒られるからな、黙っときよ。きっとやで」

もらったアメリカの飴をなめながら、あたしはうなずいた。飴はきつい薄荷味だ。

「富美子、出かけるよ。今日は配給を取りに行く日よ」

母ちゃんは井戸端から引きだして来た古い乳母車にあたしを乗せて坂を下って行く。スカートに下駄ばきの母ちゃんは大またで坂を下る。スピードが出て乳母車がガタガタと揺れる。駅前を過ぎ大通りを進み、米屋に着くともう人が大勢並んでいる。あたしは赤ん坊ではないので乳母車から下りる。

「ここで待ってなさいよ」

そう言うと、母ちゃんは人込みに紛れて行ってしまった。じっと出てくるのを待った。ようやく姿が見えた。着物に割烹着をつけた知らない人と話しながら歩いて来る。胸に米袋を抱えている。

「また、値上がりでんがな。配給もどんどん高こなってかないまへんなぁ」

「ほんとにねぇ。内地米も外米も値上がりばっかりで」

「外米はパサパサして味がおまへんなぁ。そやのに高いことですわ。ほな、ごめんやす」

着物の小母さんは大きな声で言うと、ちょこっと腰をかがめて去っていった。母ちゃんは乳母車に米を積んで歩き出す。駅前を過ぎたあたりで、「くたびれた？　乗ったらいいよ」と言うので、母ちゃんの顔を見上げた。

「いいから、この上に乗りなさい」

あたしは乳母車によじ上って米袋の上に座る。つぶつぶとした硬いものが足の裏にあたる。母ちゃんは乳母車を押して坂道を登っていく。


冬の晩、夕食がすんで家族が茶の間でこたつを囲んでいるとき、呼び鈴が鳴った。

「今頃誰が来たのかねえ」と言いながら母ちゃんが出て行った。それからすぐににぎやかな話し声がして誰かが玄関に入ってきた。二番目の姉の鈴ちゃんの高い声が聞こえた。鈴ちゃんは浜寺で進駐軍の家でメイドをしている。

父ちゃんと母ちゃん、大学生の上の兄ちゃん、下の兄ちゃんとあたしが板間で出迎えた。

ミカン色の電灯を受けて、アメリカ人の男の人と女の人が笑みを浮かべてたたきにいた。二人とも背が高く、地面につきそうに長いコートを着ている。女の人は腕に子どもを抱き、二人の髪が金色に光っている。赤いコートを着た女の子は目が大きくてキューピー人形みたいだ。鈴ちゃんは自分の家なのに上がってこないで、二人の後ろに立っている。

「ルイスさんが、この近くまで来る用事があってね、うちはすぐそこだと言ったら寄ってくれたの」

鈴ちゃんがはしゃいだ声で言う。父ちゃんと母ちゃんは口々に「まあ、それはそれは。よくいらっしゃいました」「鈴子がお世話になっています」と挨拶をし、それから女の子を「まあ、かわいい」「人形みたい」とほめた。

「ダイアンよ、本当にかわいいでしょ。このカールした毛を見て。つやつやしてて、絹糸みたいよ」

鈴ちゃんは自分のことみたいに得意そうだ。ダイアンが女の人の腕の中で身を乗り出し、あたしを指さして何か言うと、みんながどっと笑った。

「ベイビーだって。ダイアンのほうが年下なのに、富美ちゃんのことを赤ちゃんと思ってるのよ」

あたしはふくれて、母ちゃんのスカートにへばりついた。鈴ちゃんは英語で何か言うと、ダイアンを抱きとり靴のまま板間に上がって、あたしの目の前に下ろした。どんなに怒るかとぎょっとして父ちゃんの顔を見上げたが、父ちゃんは黙っている。

「オゥ、ベイビー」

金髪が大きく腕を広げてあたしに抱きつき、頬をそっとすり寄せてくる。あたしはおおぜいの笑い声を浴び、体を固くしてその場に突っ立っていた。笑いが収まると、女の人が靴のままで板間に上がってきて、ダイアンを抱きあげてたたきに下りた。

大学生の兄ちゃんが男の人と英語でしゃべって、みんながまた笑い声をあげる。みんなはいつになく笑ってばかりいる。一行が去るとすぐに、母ちゃんがぬれた雑巾を持ってきて床を拭いた。

「アメリカ人は靴を脱がんからなあ」

父ちゃんは首をゆっくりと左右に振った。

その日あたしが着ていたピンクの綿入れのチャイナ服は、前に鈴ちゃんがもらってきたダイアンのお下がりだった。かぎ裂きから綿がはみ出していたが、色とりどりの鳥や花の刺繍が気に入っていた。でも、これからはもう着ないことにした。

2

戦争中、父ちゃんは福井で飛行機のプロペラ用の板を作る会社の工場長をしていたが、戦争が終わったので仕事がなくなった。それから間もなくあたしが生まれ、一家で人に貸してあった伊丹の家に戻ってきた。

「屋根のない貨車でね、あんたをおんぶして乗るとき落ちそうになったわ」と、母ちゃんに何度も聞かされた。

あたしは幼稚園に行くことになった。母ちゃんと一緒に入園式に行き、クラス分けがあった。知った子は一人もいない。

毎日幼稚園に通った。帰ると、母ちゃんがうがいの番茶を用意して待っている。

「手を洗って、うがいをしなさいよ」

番茶は苦いが、そばで見張っているので仕方なく口に含んで吐き出す。

その日もうがいをして昼ご飯を食べた。終わったところで母ちゃんが言った。

「床下を見に行ってごらん、犬がいるよ」

あたしは縁側に走り、ガラス戸をあけて下をのぞいた。コンクリートの上に茶色の犬がうずくまっている。そばの古毛布には白い全身に黒いブチのある子犬がいる。触ってみたいが、噛みつかれそうで怖い。茶の間に引き返した。

「あの犬、どうしたん。うちで飼うの」

「鈴ちゃんが預かることになったんよ。ルイスさんとこから、しばらくの間ね」

それから何度も床下を見に行った。茶色は丸くなったままだ。顔の下半分が白い。ブチが目を開けてあくびをして、また目をつぶる。兄ちゃんが小学校から帰ってきたら、一緒に触ってみたい。

一週間ほど前に、鈴ちゃんが浜寺から戻ってきて、台所で母ちゃんに話していた。

「ルイスさんがね、急に板付基地に転属になったんよ」

「じゃあ朝鮮戦争に行くんやね。飛行機はだいたい板付から出撃するっていうよ」

「そんな話よね。ところが、奥さんが絶対に行きたくないって言いだしてね。前からルイスさんたちはごちゃごちゃもめてたんよ」

「まあ、そんな風には見えんかったけど」

「それで奥さんがダイアンを連れて、アメリカに帰ってしまったんよ」

鈴ちゃんがハハンと笑う。

「そらまた、どういうこと」

そのあとは二人ともひそひそ声になった。


床下に犬を置いたまま、姿が見えなかった鈴ちゃんが帰ってきた。持ってきた缶詰を開けて、中の肉を飯と一緒に煮て、古い洗面器によそって軒下に下りる。あたしは縁側から見る。茶色は目を開けて起き上がり、いそいそと鈴ちゃんのそばに行く。早く食べたそうだ。鈴ちゃんが何か英語で言うと、腰を下ろしてまっすぐ前を向き、また言われるとお手をする。鈴ちゃんはその手をつかんで上下に振ってからエサの入った洗面器を押しやる。茶色は頭を突っ込んでかぶりついた。しっぽがくるりと輪になっている。

「富美ちゃん、お座りはシッダンて言うの。お手はシェイクハン。今度言ってみてごらん。言うことを聞くから。マックスは賢いのよ。本当に。こんな賢い犬はちょっといないわ」

鈴ちゃんは思いっきりの笑顔になった。

茶色はマックスという名前か。アメリカ人が飼っているから、英語で命令するのだ。鈴ちゃんは「スポット」とブチに声をかけてからまた「シッダン」「シェイクハン」と言った。ブチはお座りだけはしたがお手はしない。何度も言ってみたが、とうとうあきらめて洗面器を差し出した。スポットはものすごい勢いで飲み込んでしまった。マックスはまだ食べている。


兄ちゃんが小学校から帰ってきたので、犬が来たと教えると、すぐに床下を見に行った。

「茶色は柴犬や。白黒のは、なにかなぁ」とつぶやきながら茶の間に入っていく。きっとまた、百科事典を引っ張り出して調べるにちがいない。

夕方になって雨が降り出した。床下を見に行った兄ちゃんが叫んでいる。

「うわぁ、ウンコや。ウンコしてるでぇ」

あたしはパッと立ち上がって走って行った。セメントの床に黄色いウンコが広がり、雨と混じって芝生に流れている。

「ウンコや。ビチビチウンコや。きちゃないなあ。臭いわあ」

「ウンコ、ウンコ。黄色いウンコ」

あたしも一緒になって縁側ではやし立てているところへ、鈴ちゃんがやって来た。

「やかましい！　静かにしぃ」

兄ちゃんとあたしは口をつぐんだ。

夕食の支度をしながら、母ちゃんが鈴ちゃんに話している。

「きっと食べさせ過ぎたんよ。まだ子犬でしょうが」

「そうかな。一回、ご飯だけにしてみようか」

「そうしてみたら。それにしても高そうな犬やねぇ」

「ポインターっていう猟犬。ルイスさんが知り合いから分けてもらったの。少し大きくなってから訓練に出す予定でね」

「病気させんようにせないかんね。それより、床下を掃除しとかんと、お父さんが嫌がるよ」

父ちゃんが仕事から帰ってきて、すぐに夕食になった。席に着くなり父ちゃんが眉をしかめて言った。

「鈴子、床下、なんとかせえや。あのままにしとくんか」

「雨が止んでから掃除しようと思ってたの！」

鈴ちゃんはそれっきり口を利かなくなった。食事がすむと、古新聞を抱えて床下に下りていく。背中が濡れるのに床に四つん這いになって、古新聞で手荒くウンコをぬぐっている。

「掃除せないかんことぐらい分かってるわよ。雨が止むのを待ってただけじゃないの……」

だんだん声が大きくなる。兄ちゃんとあたしは黙って縁側から見ていた。


毎日毎日雨が降る。あたしは下痢が続いて、ずっと幼稚園を休んでいる。

「幼稚園、やめようね。いいね、富美子」

母ちゃんが笑顔でのぞき込む。あたしは、首を縦に振った。

鈴ちゃんはずっと家にいて、犬の世話をしている。

幼稚園に行かなくなったので、朝は鈴ちゃんが犬にエサをやるのを見る。床下の柱につながれたスポットは芝生まで出てきて、やかましく吠えて催促する。その声に、放し飼いのマックスが庭の植え込みの陰から姿を現す。

スポットを座らせて洗面器を置くと、がつがつと食らいついて噛まずに飲み込む。マックスには「お座り」と「お手」をさせてからエサをやる。それがすんだら散歩だ。あたしは下痢が収まってからは、下駄をはいてついて行く。鈴ちゃんはスポットの綱を手にして、坂を上って山の方に向かう。

向こうから女の人が二人、白いスピッツを連れてやってくる。よく出会う人たちだ。桃色の服を着た人が綱を持ち、後ろから下駄ばきにエプロン、買い物カゴを手にしたねえやさんがついて来る。近づく前からスピッツは暴れて悲鳴のような鳴き声をあげている。すれ違う時、桃色服の人は力を入れてスピッツを引き寄せて脇による。そのあともまだ、キャンキャンと鳴いている。

「お嬢は女中を連れて犬の散歩にお出かけですか」

鈴ちゃんの独り言。それからあたしに向かって明るい声で「弱い犬ほど吠えるんよ。マックスは全然吠えないでしょ」と言う。ほんとうだ。吠えるのを聞いたことがない。さっきまで前を歩いていたマックスがいなくなっている。

「マックスは？」

「空き地の草むらでウンコしてくるのよ。賢いんだから、ほんとに。もうすぐ出てくるからね」

しばらく行くと、マックスが生垣の間から姿を現す。「マックス、お帰り」と言って鈴ちゃんは笑顔になって耳の後ろをなでてやる。

夏の朝、鈴ちゃんが「今日はマックスを洗うから、ママ、手伝って」と母ちゃんに言った。

裏庭にたらいを置き、鍋いっぱいに沸かした湯を注ぎ、加減を見て石鹸を溶かしてマックスを立たせる。鈴ちゃんはスカートの裾を縛って裸足になり、たらいの中にしゃがんでブラシでこする。ずぶぬれになった毛を体に張り付かせたマックスは、今にも逃げ出しそうだ。母ちゃんがそばで笑って見ている。

「ママ、水を汲んでかけてよ」

「暴れんようにしっかり押さえててよ。冷たいからきっと嫌がるやろうなぁ」

母ちゃんは井戸につるべを落として水をくみ上げ、バケツに移して背中に少しずつ注ぐ。マックスが身震いして水を跳ね返す。鈴ちゃんは「ノウ、ノウ」と言って押さえ、また母ちゃんがくんでかける。二回ほどかけてから、古タオルで拭く。拭き終わらないうちにマックスが逃げ出した。後について走って行くと、芝生の上に寝転がって体をこすりつけている。そして洗ってもらったばかりの体を枯れ芝だらけにして、鈴ちゃんの所に舞い戻った。

「あら、あら、しょうがないねえ。もう汚れたじゃないの」

叱るのかと思っていたら、鈴ちゃんはくっくと笑って頬ずりをし、耳の後ろを掻いてやる。それから両手で顔をはさんで「オウ、マックス」と言いながら何度も頬ずりをする。そしてブラシをかける。


「富美ちゃん、今からマックスにやる骨を買いに行くよ。一緒に行こうか」

あたしはうんと答えて急いで靴をはき、外に出た。買い物カゴを手にした鈴ちゃんが庭に出ると、マックスはすぐに寄ってくる。

「ほらほら、この子、もうわかってるのよ。骨を買いに行くって。そわそわしてるでしょ。賢いんだから」

鈴ちゃんはそう言って笑うのだが、あたしの目にはいつもと同じに見える。綱をつけないマックスは、鈴ちゃんとあたしの前を行く。そして市場の入口にある肉屋の前でぴたりと立ち止まる。そのときになって、マックスが首を伸ばし鼻をひくひくさせていることに気が付いた。白い上っ張りを着た肉屋のおじさんが骨を二本、新聞紙に包んでくれる。骨は両端が丸く、太くて白い。帰り道で、マックスは何度もカゴに鼻を近づけ、そのたびに英語で何か言われ、離れてまた歩き出す。

家に着くとじっとカゴを見上げて座る。鈴ちゃんが骨を差し出すと、さっとくわえて走って行く。芝生の端の方で首を傾けてかじっている。来る日も来る日もしゃぶっていると骨は次第に小さくなる。それを土に埋める。ところが兄ちゃんが必ず見つけて掘り出し、板塀の上に並べる。ずらりと並ぶ白い骨の塊を、マックスは時折恨めしそうに見上げている。鈴ちゃんがそれを見て笑顔になる。


小学校に入学した。

母ちゃんが夜なべして縫った水色のコールテンの上着を着て、赤いランドセルを背負って通う。母ちゃんはランドセルを眺めて何度も「今は豚皮しかないのよねえ」とつぶやく。あんまり嘆くものだから、あたしはランドセルをしげしげと見た。表面につぶつぶと小さな穴がある。豚皮でもあたしは一向に構わない。赤が好きだ。小学校は座る席が決まっているから、いい。それに五年生に兄ちゃんがいる。

でもマックスの散歩についていけなくなったから、帰ってから遊ぶ。「シェイクハン」と言ってお手をさせる。二回目まではお手をするが、三回目には知らん顔だ。背中を撫でると、芝色の毛がごわごわとして硬い。スポットには近づかない。食べることと散歩に行くことしか考えていない犬だ。

鈴ちゃんが縁側で足の爪に赤いマニュキュアを塗っている。匂いが鼻につんとくる。両手の爪もまっ赤だ。

「うわぁ、爪がまっ赤になってる」

「おいで、富美ちゃんも、塗ってあげよう」

「そんなこと、やめときよ」

横から母ちゃんが止めたが、鈴ちゃんは構わずビンに刷毛を差し込んで、あたしの両手と両足の爪にゆっくりと塗っていく。五本の指を広げてじっと見る。赤くてきれいだ。

次の日、学校に行ったら、後ろの席の女の子が「それどうしたん」と目を丸くしている。「足にも塗ってあるねん」と自慢した。授業が始まったらすぐに、先生が一番前列のあたしの所に来て、眼鏡の奥の目を光らせて言った。

「そんな爪をして学校に来てはいけません。家で取ってもらいなさい」

こわい声だ。家に帰ってその通り伝える。

「ほらぁ。怒られるのに決まってるから、やめときっていうてるのに」

「あら、そう！　あかんっていわれたか」

眉をしかめる母ちゃんに向かって、鈴ちゃんはひょいと肩をすくめてフフッと笑い、脱脂綿に液体を含ませてあたしの爪を拭いた。爪がスーッと涼しくなって、赤色はすっかり消えてしまった。

台所で、母ちゃんが配給の外米を犬用のカリフォルニア米と、交換してほしいと、鈴ちゃんに頼んでいる。「いいわよ、少しぐらいなら」と言ったので、その日の夕食はカリフォルニア米になった。臭くないしモチモチしておいしい。父ちゃんも兄ちゃんも「やっぱりカリフォルニア米は違うなあ」「うまいなあ」「外米みたいにぽろぽろしてへん」としきりに感心している。

「ねえ、そうでしょ。全然違うでしょ」

鈴ちゃんの顔に笑みが広がる。アメリカの物をほめると機嫌がいい。

二学期が始まってすぐに、ルイスさんが二匹を引き取りに来ると、母ちゃんが言った。大阪にまた戻って来たそうだ。預かっているだけだとはわかっていたが、家の犬のような気になっていた。でもやはり、連れていかれるのだ。

　その日急いで学校から帰ると、ジープが家の前に停まっている。普段使わない門の扉が開いていて、中から黒メガネに軍服のアメリカ人がスポットの綱を引いて出てくるところだった。ルイスさんがもう来ているのだ。スポットがさっと後ろに乗る。続いて鈴ちゃんがマックスと並んで出て来た。母ちゃんがその後ろにいる。鈴ちゃんはしゃがみこんで両手でマックスの耳の後ろを撫で、頬ずりをしてからポンと背中をたたいて押し出した。マックスは前の席に飛び乗り、ルイスさんがドアを閉めて運転席に座った。マックスがこちらを見ている。ルイスさんは片手をあげて挨拶すると、ジープを発車させた。鈴ちゃんと母ちゃんとあたしは手を振る。車はすぐに角を曲がって見えなくなった。

　あたしは、ときどき床下をのぞく。

3

　いつの間にか洋館は二つとも空き家になり、純子ちゃんもいなくなった。

　年が変わって、鈴ちゃんは伊丹飛行場にある進駐軍基地のピーエックスに勤めることになった。パーマをあて、肩の張った長いワンピースに長いコートを着て、カバンを肩にひっかけて、高いヒールの靴で出かけて行く。自分で縫ったスカートに自分で編んだセーターを着ているのしか見たことがなかったので、別の人みたいだ。

帰ってきたら衣装を脱いで、いつもの普段着に着替える。その日に着た服にはアイロンを当て、洋服掛けにつるして鴨居にかける。


二年生になった。

朝ごはんのとき、母ちゃんがビンを手にして、とてもうれしそうだ。

「鈴ちゃんにピーエックスで買ってきてもらったアメリカのチーズよ、食べてごらん」

兄ちゃんはふたを開けて匂いを嗅ぎ、顔をしかめて「いらん。臭い」と押しやる。あたしはナイフでビンの中の黄色い練ったものをパンに塗って食べてみる。ねっとりとして濃い味がしておいしい。毎日でも食べたい。おかずといえば、母が菜園で作る人参や大根の煮つけか鰯の焼いたのばかり。鰯の骨が喉の奥に刺さって、飯をうのみにしても何日も取れないことがある。あたしが鰯を嫌がると、母ちゃんは「じゃぁ、卵かけご飯にしようか」と言って卵を持ってくる。家では鶏を四羽飼っている。

「あんたも食べればいいのに。栄養があるのよ。せっかく手に入ったのに」

母ちゃんは残念そうに何度も兄ちゃんに言う。

台所で母ちゃんがもっと食べ物を買ってほしいと、鈴ちゃんに頼んでいる。

「でもねぇママ、ピーエックスの品物はわたしら日本人には買えない規則なのよ。アメリカ人でないと。だから、そうそう買ってこれないわ」

「やっぱり無理なんやねぇ」

「それでね、みんなどうしてるか聞いてみたのよ。そしたら、買ってもらう人を決めてるんだって。だからわたしも決めたのよ。ジムと言って、十九歳よ。今度うちに連れてくるね」

「十九歳、まだ、子どもやないの」

「そう、わたしより七つ年下。でもパイロットだから、年齢よりずっとしっかりしてる。大人よ」


その人が家にやってきた。制服を着て背が高く、髪は金茶色で目の色は薄い茶色だ。鈴ちゃんが「こっちがジムよ。わたしのボーイフレンド」と紹介する。父ちゃんと母ちゃんが「いらっしゃい」と挨拶する。下の兄とあたしは「こんにちは」と言う。ボーイフレンドとは初めて聞く言葉だ。

コンビーフ、チーズ、バター、チョコレートなど、お土産をどっさりもらった。どれもおいしそうだ。鈴ちゃんが「ママ、肉を買ってきたからすき焼きにしてよ」と言って竹の皮に包んだものを差し出した。家族にジムさんをくわえて、茶の間ですき焼き鍋を囲んだ。あたしは皿の中の茶色の肉切れを口に入れた。牛肉は濃厚な味が口の中に広がり溶けて行った。もっとほしいのに肉はそれだけで、後は野菜と豆腐だったが、それにも肉の味が浸み込んでいて幸せだった。鈴ちゃんの皿には肉がいっぱいあった。

それからジムさんはたびたび家に来るようになった。いつも駅まで鈴ちゃんが迎えに行き一緒に門を入ってくる。茶の間でみなと一緒にご飯を食べたり、トランプをしたりして過ごす。鈴ちゃんがジムさんの言うことを日本語にし、また家族の言葉を英語にする。日頃はあまりしゃべらない父ちゃんも口数が多くなり、よく笑う。母ちゃんもジムさんと腕相撲をして、強いと言われて楽しそうだ。ジムさんが来ると家の中が明るくなる。

日曜日に外で遊んで家に帰ったら、玄関の靴脱ぎ石にジムさんの大きな靴がそろえてあった。茶の間に家族が顔をそろえ、食卓に身を乗り出して何かをのぞき込んでいる。アルバイトで留守にすることが多い上の兄ちゃんもいる。

「これね、ジムの飛行機がちょうどうちの真上を飛んだ時に撮った写真よ。ジムは偵察爆撃機隊だからね。ここがうちでしょ。これが前の道で、ほら、川が見える。植木畑はこのあたりよ」

鈴ちゃんの説明に、みんなの頭は四方から写真に覆いかぶさる。

「ほんまにすごいなあ」「神社はすぐにわかるなあ」「この白っぽいところは畑か」「一目瞭然やなあ」

あたしも首を突っ込んで写真をのぞいてみた。画用紙を四角く切ったぐらいの大きな写真だ。道路も木も屋根も真上からくっきり写っていて、うちをすぐに見つけることができた。みんなが写真から離れた後も、上の兄ちゃんだけはじっと写真に目を凝らしたままだ。やおら顔をあげ大きな声を出した。

「そうかぁ、アメリカの飛行機にはこんな精巧なカメラが付いてるのか。日本とはまるっきり性能が違うんやなぁ。そら、勝ち目はないわ」

上の兄ちゃんが戦争のことを口にするのを初めて聞いた。父ちゃんはよく戦争中のことを持ち出す。
二、三日前も、寝る前に水を飲みに洗面所に行ったら、茶の間で父ちゃんと母ちゃんの話す声が聞こえた。
「朝鮮特需で景気のええとこもあるけど、わしらは三人でやってるんやから。この年になると雇てくれるとこはないんや」

「そらわかってます、あなたはもう定年の年ですから。けど、米も何もかも値上がりしたんですよ」

「うちは食い扶持が多いからなあ」

「だいたいねぇ、もうすぐ戦争が終わるときになって、あなたが軍需工場なんかに行くからですよ。おかげで失職してしもて」

「誰も好きで行かへんわ。行けと言われたから行っただけや。それが会社勤めいうもんや。これやから世間知らずは困るんや」

舌打ちの音に続いて深いため息が聞こえた。

「まさか日本が戦争に負けるとは思わんかったなあ」

父ちゃんがもっと深いため息をつくのは「天ちゃん」のことを言うときだ。晩酌をしながら「天ちゃん……なんで天ちゃんなんて言うのかねえ。天皇陛下やないか」とつぶやく。顔は今にも泣きだしそうにゆがんでいる。一緒に仕事をしている若い人が「天ちゃんが地震の見舞金を贈ったんやて」とか「天ちゃんが、今度マッカーサーの後に来た、なんとかいう大将夫婦を皇居に招待したそうや」とか、しょっちゅう「天ちゃん」を口にするのだ。

鈴ちゃんは日曜日の午後は、縁側に寝そべって分厚い本を出して眺める。脇からのぞいてみると、缶詰、自転車、服に靴、子どものおもちゃなどの色付きの写真が載っている。そこから注文するものを選んで、ジムさんに頼むのだ。自分専用に、立ったまま使うアイロン台と大きなアイロンも買った。服も増えていく。

ラジオから流れる英語の歌を鈴ちゃんは口ずさむ。何度も聞いたのであたしも覚えた。

♪ユービロントゥーミー♪

英語の歌詞を口移しに教えてあたしに歌わせるが、うまく言えない。歌えるのはここだけだ。

夏休みの午後、芝生で兄ちゃんと遊んでいると、ジムさんを連れて鈴ちゃんが現れた。

「あんたたちに、ジムさんが花火をいっぱい買ってくれたよ」

鈴ちゃんが渡してくれた袋の中に、六連発が五本もあるのを見て、あたしたちは歓声を上げた。六連発は高いから、家では買ってもらえない。ところが、まだ明るいのに今から花火をすると言う。

「なんで、今するん。晩にしたらいいやん」

あたしはせがんだが、鈴ちゃんは晩には用事で出かけていくと言う。しかたなく鈴ちゃんの後について菜園に行く。麦わら帽子をかぶった母ちゃんが野菜の世話をしている。

火をつけるのが怖いと騒ぐあたしたちの目の前で、ジムさんは花火の筒を畝に埋めて少し傾け、ライターで火をつけゆっくりとその場を離れた。シューっという音がして、かすかな光とともに大きな音が六回続く。兄ちゃんはすごいなあと感心している。あたしも真似をして「すごいなあ」と言う。

「そりゃそうよ。ジムはいつも飛行機から爆弾を落とす訓練をしてるもの」

そう言ったあとで、鈴ちゃんは英語でジムさんに話す。

鈴ちゃんはジムさんと結婚するのだろうかと考える。ジムさんはいつももの静かだ。鈴ちゃんはよく笑うが、マックスといた時のような思い切りの笑顔ではない。

花火を終えると二人はどこかへ出かけて行った。

十二月になって、鈴ちゃんが大きな包み紙を手に仕事から帰ってきた。夕食後、いつものように鈴ちゃんの部屋に行ったら、包みを開けているところだった。中から現れた緑色の物を鈴ちゃんがパッと広げた。ドレスが電灯を受けてつやつやと光っている。

「どうしたん、それ」

「これはね、クリスマスにダンスパーティーがあるからその時着るのよ。ジムに頼んで取り寄せてもらったの。どう、似合う？」

鈴ちゃんがドレスを持ち上げて胸に当てて見せてくれる。色白の鈴ちゃんに緑色がよく似あっている。

「ものすごくきれいやわぁ」

「これに着けるイヤリングとネックレスよ」

箱から取り出した首飾りは透明の光を放っている。

「ダイヤモンドや」

「違うよ、イミテーション」

本物ではないということらしいが、七色にきらめいている。

クリスマスの日は土曜日で、家に帰ると鈴ちゃんがあのドレスを着ているところだった。足首までの長さで、袖は肩にちょっとかかるくらい。大きく開いた襟元にはネックレス、耳にイヤリングをつけている。背中には黒いリボンが交差して、胴で蝶結びになっている。赤い唇。あたしはうっとりと見とれた。

鈴ちゃんは鏡の中の自分をじっと見つめ、今度は後ろ向きになって振り返る。

「タクシーが来たよ」母ちゃんが入ってきた。

「ママ、どう。後ろのリボン、おかしくない」

「それくらいでいいよ。あんまりきつく結んだら、皺が寄るし」

鈴ちゃんはドレスの上に黒いマントをひっかけ、歩くたびにシュッシュッと音をさせて玄関に出た。黒いハイヒールに足を入れて、さっと立ち上がる。背の高い鈴ちゃんがもっと高くなった。緑のドレスの裾がふわりと広がる。馬車で王子様の舞踏会に出かけていくシンデレラのようだ。友達に見せたい。

母ちゃんとあたしは門の外まで送りに出た。停まっていたタクシーからジムさんが下りてきて、鈴ちゃんを乗せ、車は出て行った。

次の日から冬休みだ。朝、縁側で遊んでいる兄ちゃんとあたしの所に、普段着に戻った鈴ちゃんが紙袋を抱えてやって来た。

「ほら、これ。クリスマス飾りよ。パーティーがすんだら、後は捨てるだけだからもらってきたんよ」

兄ちゃんが袋から赤や金色に光る玉を取り出した。同級生の家のクリスマスツリーを見たことがあるけれど、こんなキラキラした飾りはついていなかった。一番すごいのは電球の飾りだ。コンセントに差すと、コードにぶら下がったサンタクロースや雪ダルマ、ろうそく形の電球が灯る。暗い中ならどんなにきれいだろう。兄ちゃんは電球を持ち上げて、一つ一つ眺めている。そしてあたしには一度も触らせないで、コンセントから抜いてしまった。灯りの消えた飾りをあたしは見つめる。

「来年、絶対モミの木さがしてきて、ツリーを作ろうな、富美ちゃん」

あたしは、うなずく。兄ちゃんは全部を紙袋に戻して、おもちゃ棚の一番奥にしまい込んだ。

4

あたしが縁側で遊んでいると、鈴ちゃんが勤めから帰って来た。普段着に着替えて、鏡台の前に座ってクリームで化粧を落とす。それから茶の間に来て夕食になった。

「臭いなあ、なんやそれ。飯がまずなるやないか」

父ちゃんがしかめっ面で不機嫌な声を出した。

「あら、そう？」鈴ちゃんは全く取り合わない。

夕食がすむとあたしは鈴ちゃんのあとについて部屋に行き、先週、音楽の時間に習った「鶯の夢」を歌う。

鈴ちゃんはまた鏡台の前に座って、顔にクリームを白く点々とつけてから、指で全体に広げていく。薄目を開けて眉をつり上げたり、鼻の下を伸ばしたりいろんな顔をする。それから髪にブラシをかける。顔を右に向けたり左に向けたりして、長い間かけている。終わるとブラシについた抜け毛を取ってくずかごに入れる。鈴ちゃんがマックスにブラシをかけていたときのことを思い出した。もっと大きくて長い針金が植わったブラシで体をこすると抜け毛がいっぱいつく。それを取って大きな毛玉に丸めて袋に詰めていた。以前から、ミシンの上に色のさめた楕円形のテーブルセンターが掛かっている。ふと、それに細かい刺繍があるのに気が付いた。

「ねえ、鈴ちゃん、この刺繍は誰がしたん?」

「お母ちゃんよ」

母ちゃんはミシンであたしの服を縫うが、刺繍をするのを見たことがない。

「母ちゃんが?」

「あんたの母ちゃんと違う。わたしのお母ちゃん!」

ぎざぎざの声。

あたしは息をのんですくむ。

「あんたの母ちゃんなんか……」

言いかけてやめた。胸がどきっとして熱くなり、じわじわと広がっていく。

部屋を出て茶の間に行った。父ちゃんは食卓に反故紙を広げて書いたり消したりして歌を詠んでいる。兄ちゃんは百科事典を読むのに夢中だ。母ちゃんは台所で片付けの最中。

あたしはまた、鈴ちゃんの部屋に取って返す。

鈴ちゃんは髪をピンカールして、大仏の頭みたいになっている。

あたしは初めて見るように部屋を見回す。塗りのはげた古い姫鏡台。着物の端切れでこしらえた覆いが掛かっている。これは鈴ちゃんのお母さんの物ではないか。母ちゃんは自分の鏡台を持っている。

鈴ちゃんが子どもの頃、お母さんが急病で亡くなり、その後に妹が嫁に来て、兄ちゃんとあたしが生まれた。鈴ちゃんのお母さんとあたしの母ちゃんは姉妹だ。いつ聞かされたか覚えていないが、前から知っていた。仏壇の中にある写真の、着物を着た女の人が鈴ちゃんのお母さんだということも分かっていた。これまで鈴ちゃんのお母さんのことを考えたことは一度もない。はじめからいない人だった。だけど、確かに生きていた人だった。鈴ちゃんの中には今もずっといるのだ。

♪梅の小枝で　梅の小枝で　鶯は　雪の降る夜の夢を見た♪

あたしは声を張り上げる。

学校の昼休み、運動場で女の子ばかりで段飛びをしていた。輪ゴムをつないで長くして、二人が端を持って次第に高さをあげていく。腰の高さまでは楽に飛べるが、胸まで来ると、後ろ向きになって足をあげる。次はゴムがもっと高くなるから、少し後ろに下がらないといけない。そんなことを考えながら順番を待っていた。

「なあなあ」

後ろの声に振り向くと、よそのクラスの男の子が立っている。背の低い坊主頭。去年は同じ組だったから、仲良しではないが口をきいたことはある。

「なに？　なんか用」

「お前の家の人、パンパンなんか？」

あたしはあっけにとられて相手の大きな目を見つめた。

「ちょっと前に、お前とこの家の前で、派手な服きた女がアメリカ兵とタクシーに乗ったん、見た者がおるねんて」

「あほらし！　なにしょうもないこというてんの。違うわ。そんなん、ピーエックスに勤めてるからやんか」

言い捨てて、くるりと背を向けた。顔がかっとほてってくる。順番が回ってきた。その場で伸びあがってからスピードをつけて走り、思い切り飛んだが、引っかかってしまった。列の最後に並んで、チラッと男の子のグループに目をやる。姿は見えない。昼休みが終わって教室に戻るとき、クラスの女の子があたしの顔をのぞき込んで尋ねた。

「あの子、なに、いうてきたん」

「なんか知らんけど、変なこというねん。そやけどもう済んだからええねん」

首を振って答えたが、さっきの言葉が雨にぬれた服みたいにへばりついて体が重い。

見た者がおるって、誰なのか。誰があんな話をしたのだろう。あの子の家は商店街の裏で、うちとはだいぶ離れている。

夕方、玄関が開いて、鈴ちゃんの「ただいま」の声がして部屋に入って行った。あたしは茶の間でラジオを聞いている。しばらくして洗面所に来て手を洗いうがいをする音が聞こえる。鼻歌で「ユービロントゥーミー」を歌いながら、部屋に戻っていく。

それから父ちゃんが帰ってきて夕食になった。鈴ちゃんは澄んだ声で、今度ジムさんと出掛ける話をしながらカレーを食べる。あたしはうつむいてスプーンを口に運ぶ。鈴ちゃんが皿から脂身をつまみ出して、隣のあたしの皿に入れる。あたしはすぐにそれを口に入れる。何度目かに「富美子、やめなさい」と母ちゃんが言う。「あら、どうして?」と鈴ちゃん。あたしは黙って脂身を食べる。

夕食が済んでもあたしは鈴ちゃんの部屋に行かなかった。

次の日、あたしは縁側で、おもちゃ棚の前に座って人形を引っ張り出したり、しまったりしていた。障子の向こうの鈴ちゃんの部屋から、「そんな暗い所で何してるの」と、声がかかるのを待っていたのだが、部屋からはラジオが聞こえるだけだった。

その次の日、夕食をすますとすぐに鈴ちゃんの部屋に行った。鈴ちゃんはラジオの音楽を聴きながら、鏡台の前に座って髪にブラシをかけている。縁側との仕切り障子が閉じてある。あたしはガラスの部分から暗い縁側にちらっと眼をやり、それから部屋の中を行ったり来たりする。そしてやっと鈴ちゃんの背中に声をかけた。

「ねえ、鈴ちゃんのお母さんて、なんで死んだん」

「どうしたの、いきなり」

「うん、ちょっと」

「ハイケッショウよ」

鈴ちゃんは鏡に向かったままだ。

「肺病のこと」

「違うわよ」

きつい声だ。あたしはまた部屋の中を歩き回る。

「中耳炎から細菌に感染したの。急病よ」

「いつのことなん」

「小学校三年生が終わった春休み」

あたしはそれっきり口をつぐむ。ラジオから流れる英語の歌が部屋に広がる。

「鈴ちゃん、泣いたん」

「泣かないよ。あのね、富美ちゃん、人間は悲しすぎたら涙も出ないのよ。いきなりお母ちゃんが死んでしまってこれからどうやって生きて行ったらいいか、途方に暮れたわよ……」

途中から独り言になった。それから鈴ちゃんはうつむいて、襟足から勢いよくブラシをかけはじめた。

三年生になってすぐに、大学を卒業して働いていた上の兄ちゃんが結婚して家を出た。姉の鈴ちゃんより先に結婚したのだ。

ラジオのニュースは、水爆マグロのことばかりだ。ガイガーカウンターでマグロを測ったら高い放射能の値が出た。第五福竜丸がビキニで、アメリカの水爆実験の死の灰を浴びたのだ。

それから母ちゃんは「雨にぬれたらいかんよ」「放射能が入ってるから、傘を忘れんように」とやかましく言うようになった。持たずに登校して雨が降ったら、傘を持って迎えに来る。よその家の人も迎えに来る。途中から降りだしたらあたしたちは、「雨に当たったらハゲになる」と言って、ランドセルを頭に乗せて走る。

乗組員の久保山愛吉さんが亡くなってから、母ちゃんはいっそう神経質になった。

日が傾いて薄暗くなる頃には、茶箪笥の上のラジオが「尋ね人の時間です」と告げる。あたしはアナウンサーの声に引き込まれる。

「昭和十八年ごろ新京○○通りで食堂をされていた△△さん。……さんがお探しです」

外地の地名が多い。いろんな人がいろんな人を探している。その声はあたしを遠い気持ちにさせる。

ジムさんは全く姿を見せなくなった。鈴ちゃんも母ちゃんも何も言わない。あたしは尋ねない。

クリスマスが近づいたが、今年鈴ちゃんはドレスを買わなかった。

兄ちゃんは去年の言葉通りに、モミの木を取ってきた。

「どこから取って来たんよ。よその屋敷に勝手に入って、切ってきたんでしょうが。あかんやないの、そんなことしたら。どこの家よ。言いなさい」

母ちゃんに問い詰められても兄ちゃんは無言を通した。しょうがない子やと、つぶやきながら母ちゃんは台所へ行った。どこから切ってきたのか、兄ちゃんから聞いていたがあたしは告げ口しない。

兄ちゃんはコンセントの前に植木鉢を置いて土を入れてツリーを立て、しまってあった飾りをおもちゃ棚の奥から取り出した。あたしはやっと飾りに触ることができる。モミの木の枝に球を付け、最後に電飾を釣る。それは兄ちゃんの役割だ。

「そうや、雪がいる」

つぶやいた後で、兄ちゃんはあたしに笑顔を向ける。

「富美ちゃん、母ちゃんから脱脂綿もらってきてや」

兄ちゃんはあたしになにかやらせる時だけ優しい声になる。でもさっき怒られたばかりだから、あたしが行くしかない。脱脂綿を出してもらって兄ちゃんに渡す。二人でちぎって薄くのばして枝に乗せて、ツリーは完成した。

部屋の電気を消し、電飾をつけた。暗い中で、サンタクロースや雪だるまが光る。夢の中にいるみたいだ。あたしは目を離すことができなかった。兄ちゃんは満足そうにあっちからこっちからとツリーの周りを見て回り、雪を置き換えたり飾り玉を付け替えたりしている。

鈴ちゃんが帰って来て、台所で母ちゃんと話す声がした。兄ちゃんが呼びに行った。

「ツリーを飾ったで。早よ来て見て」

鈴ちゃんが縁側にやって来た。

「あらぁ、いいじゃない。きれいに飾れたね」と言って笑い声をあげた。ツリーをぐるっと見て回り「この電気の飾りは、さすがよねえ。こんなのは日本では手に入らないわ」と言ってうなずいている。それから急に真面目な顔になって「あんた、この木、よその庭から切って来たんだって。ママがカンカンよ」と言った。

鈴ちゃんは、ピーエックスからアイスクリームを買ってきてくれた。箱から出すとカステラ一切れほどのアイスクリームが、紙に包まれて並んでいる。皿に取ってもらってスプーンで食べる。端が少し柔らかくなっている。アイスキャンデーとは全く違う、甘くて濃い固まりが口の中で溶けていく。

　鈴ちゃんが仕事から帰ってくるなり、着替えもせずに台所に入っていった。興奮した口調で母ちゃんに話しているので、あたしは聞き耳を立てた。

「ねえ、ママ。運送屋の川島さん、知ってるでしょ。坂の上の大きな屋敷の。朝、駅に行く途中であそこの息子と一緒になったんよ。深刻な顔で、いま悩んでるっていうから、わけを聞いたらね、結婚したい相手ができて親に話したんだって。そしたら、大反対されて、どうしても一緒になるんだったら勘当するといわれてね。家を出ようか悩んでるというのよ」

　あたしは台所と茶の間を行き来する。鈴ちゃんは目を見開いて眉をつり上げ、時々両手を広げ、アメリカ人みたいだ。

「それでねぇ、わたし聞いたのよ。いったいどんな人なのって。そしたら、ママ、びっくりするじゃない。基地のそばのバーに勤めてるパン助よ。わたし、前からちょっと知ってるのよ。あんなパン助にまんまと引っ掛かるなんて、ほんまにお人よしのボンボンやわ。それにしてもあのパン助、どんな手を使ったか知らんけど、うまいこと釣り上げたもんや……」

母ちゃんは「へぇ」「まあ」「そう」とばかり言っている。

鈴ちゃんは目を宙に据えて「あのパン助……」とつぶやいている。あたしは鈴ちゃんから目をそらした。


今度の日曜日にルイスさんがマックスを連れて家に来る、と鈴ちゃんが言った。

「ほんまに？　マックスに会えるん。どんなんやろう。もうお爺さんになってるかな」

「そんなことないよ。まだ若いよ。賢い犬だからこの家のことも覚えてるよ」

鈴ちゃんと母ちゃんは、マックスをたらいで洗ったことや骨を買いに行ったことなど、笑いながら話している。

日曜日になった。

昼ごはんのあと、鈴ちゃんは普段着のセーターを脱いで、新しい水色のセーターに着替えた。スカートはそのままだ。やがてジープが門の前に停まった。鈴ちゃんが玄関を出て行く。あたしも後を追う。

ジープからルイスさんがマックスを連れて下りてきて、英語で何か言って鈴ちゃんに笑顔を向けた。鈴ちゃんも笑いながら話している。

「マックス！　オゥ、マックス」

鈴ちゃんがマックスに駆け寄り、しゃがみこんで抱きついたとたんに、マックスがいきなり噛みついた。鈴ちゃんがアッと叫んで目を押さえ座り込む。ルイスさんが首輪をつかんで引っ張った。

「鈴ちゃん！」

大声が出た。あたしは鈴ちゃんに駆け寄った。血が細い筋になって手を伝っている。母ちゃんが走って出て来た。

「どうしたの。エッ、かまれた？」

「ちょっとね。大丈夫よ」

ルイスさんが鈴ちゃんに話しかけ、二言三言やり取りしていたが、すぐに鈴ちゃんは「富美ちゃん、タオル持ってきて」と言う。あたしは走って家に入り、引き出しからタオルを取り出し走って戻った。

鈴ちゃんはジープの助手席に乗っている。タオルを手渡すと「サンクス」と言って目元に当てた。そのとき歯形がついているのが見えた。そしてすぐにジープは走り去った。後ろの荷台にマックスが座っていた。

「鈴ちゃんはどこ行ったん？」

「ルイスさんが、進駐軍の医者のところへ連れて行ったんよ。一刻も早く医者に診せた方がいいからって。目の周りやから、よかったようなものの、眼玉を噛まれてたら失明するやないの。いくらかわいがってても、もう何年も会ってなかったんやから。大体ねえ、賢いいうても、やっぱり犬は犬よ。それを、いきなり抱きつくやて、ほんまに無茶なことするわ……」

とめどなくあふれる言葉を背中に浴びながら、ジープの去った方に目を向けた。

晩遅くに、父ちゃんが宴会から帰ってきた。だいぶ酔って足がふらついている。赤い顔で機嫌よく「やぁきゅうーう、すうるならぁ、こういうぐあいにしやしゃんせ……」と歌う。いつもならあたしも球を投げる真似をして相手になるのだが、今日は近づかない。母ちゃんが「鈴子がマックスに噛まれて」と言ったとたんに「なにっ」と大声になった。

次の日学校から帰るとすぐ母ちゃんに聞いた。

「鈴ちゃんは？」

「まだよ」

その次の日も答えは同じだ。あたしは毎日鈴ちゃんの部屋に入る。押し入れのふすまの前に服が何枚も下がったままだ。袖をだらりと垂らし、平たく広がるワンピース。長いタイトスカート。抜け殻みたいだ。

一カ月が過ぎたころ、部屋に入ると、鈴ちゃんの服が全部消えていた。座敷で布団に綿を入れている母ちゃんに聞く。

「鈴ちゃん、帰ってきたん？」

「そうよ」

「目は、どうなってた」

「治ってたよ。まだ少し痕はあるけどね」

「それでまた、どこかへ行ったん」

「富美子、鈴ちゃんはねぇ、ルイスさんのとこへ行ったんよ」

父ちゃんはその晩「こんなことになるんやったら、メイドなんかにいかせるんやなかったなあ。国がすることやからと思て、安心してたのに。わしが失職したからなあ。結婚させようにも、若い男は戦死してるし……」とうめくように言った。

鈴ちゃんはまだ帰ってこない。

もう一度

おっ母《か》はん、おっ母《か》はん。

二度よばれて目覚《ざ》むった。誰《だい》な、あたいを呼ぶのは。起き上がって寝間を見回すっと、雨戸のすき間から陽が差し込んじょって、隣の寝床は空っぽじゃ。父ちゃんは大根の間引きをせにゃならんっちいうちょったで、早くに起きて畑に行たんじゃろう。

たしかに邦夫の声じゃった。近頃あの子のことが頭から離れんもんで、声が聞こえたのかしれん。よかったよ、声なと聞こえて。姿が見えればもっとよかったんじゃが、あいにく声だけじゃった。

布団を片付けて、外に出た。井戸端に行ってつるべを落として、水を汲みあげてざぶざぶっち顔を洗うた。そいから櫛で髪を梳いて後ろで束ねた。若けときは多くて持て余しちょった髪が、今はすっかい細うなっちょる。つげの櫛の歯はすりへってまん中がへこんじょるから、そのうち買い換えにゃならん。腰を伸ばして空を見上げれば、箒で掃いたよな雲が浮かんじょって、今日はよか天気じゃ。洗濯でもしようかね。

父ちゃんが帰《もど》っきて、朝飯になったが、邦夫の声が聞こえたっちことは言わんじゃった。「また、そげなおかしかこっを言うて」っち言われて相手にされやせんもんね。黙って飯をすますと、あたや洗濯ものを抱えて、急な細道を川まで下りて行た。

ここ蒲生《かもう》は島津藩の外城で、敵が鶴丸城に攻め込まんよに郷士集落が置かれて、この川が堀の役目をしっちょった。底が深うて、梅雨時なんどは幅いっぱいに広がって恐ろしいくらいじゃ。あたや川原にしゃがんで洗濯物をすすいじょったが、水がちっとばっかし冷とうなっちょる。バサバサッち洗えば流れが早いですぐにきれいになったで、絞りあげてかごに入れて、一息ついた。

手をかざして眺めれば、川の水が陽をはね返してキラキラ光っちょる。川面には赤トンボがいっぱいめぐっちょって、石の上で休んじょるのもおる。あたいも乾いた石に腰を下ろして目をつぶった。尻が温《ぬく》か。

川の音がさらんさらんっち聞こえる。じーっと耳を澄ましちょれば、子どんらが小さい時のこっを思い出すが。どの子もどの子も川が好っで、日暮れになるまで浸かっちょった。三女の節子なんぞは娘時分にもまあだ泳いじょったもんよ。

ずっと昔、近所の奥さん連中も一緒に洗濯しっちょったら、子どんらが騒ぐのよ。何事かっち思うて手を止めてみれば、邦夫がふんどし一丁になって太か石の上から淵に向かって真っ逆しんめに飛び込むとこじゃった。危ねこっをする奴じゃったよ。

もうすぐ邦夫の命日の十七日が来るがよ。亡うなったのは昭和十三年の十月じゃから、丸八年になる。

ないごて、邦夫は亡うなったんじゃろうか。

なんいうわけで死ななならんやったんか。

我とわが胸に尋ねずにはおれん。何べん問うても、こたえは出てこん。太かため息をついて目を開ければ、陽が高うなって暑いくらいじゃ。水が石に砕けて白かしぶきを上げちょる。

その晩、いろりのはたで晩酌《だいやめ》をしっちょる父ちゃんに言うたが。

「なあ、父ちゃん、ないごて邦夫は死んだんじゃろう」

「ないごてっち、そらなあ……。おまんさあ、お国のための名誉の戦死じゃなかね」

そげん言うて、焼酎を湯飲みについで、ぐいっち飲みやった。名誉じゃのなんじゃの、そげなこっを聞きたかわけじゃなか。あたいも焼酎でんなんでん飲めればよかっち、思うた。

十七日の朝、庭の百日草の黄色や朱色が咲き残っちょるのをつんで束にして、川沿いの道を歩いて墓地に行た。父ちゃんの後ろから行けばよ、背中がえれこと丸うなっちょるのよ。いつもは後ろ姿なんぞじっくり見んから、気づかんやった。年を取りやったもんじゃ。墓地に着いて、墓の周りの草を引いてから花を挿した。この墓に邦夫は埋《い》かっちゃおらん。熊本で焼いた骨が入っちょる。ぐらしかよ。墓に手を合わせて胸の中で邦夫に話し方よ。

母ちゃんは徒然《とぜん》ね。まいにちお前のこつを思わん日はなかよ。ないごて、亡うなりやったかね。死なんでもよかりそうなもんじゃ。親より先に逝くっちこつがあろうか。気が付けば、父ちゃんが八十歳、あたいが七十歳になったがよ。いつまでも嘆いちょれば死んだ人が浮かばれんっち、言う人もおるが、あたいは思い切ることはできん。今朝あたいを呼んだんは、なんぞ言いたかこつがあったんかね。お前は心が残っちょるんじゃろうよね。

ああ言いこう言いして立ち上がったら、まあだ父ちゃんは拝んじょいやった。なんを言うちょいやったのかっち、思い方よ。

川の方を眺めれば、向こう岸に少し色づいちょる柿の実が見える。邦夫は柿が好っじゃった。よその家から、木一本分を買ってよ、縁側に並べておけば、すぐに食べてしもうて。食べさしてやりたかよ。立派な墓なんぞこしらえても、仕方がなか。

しばらく天気の日が続いたが、今朝は曇って山が見えんやったが、すぐに雨が降ってきた。外仕事には行けんもんで、縁側に繕い物を広げて針仕事にかかった。年取って目が薄うなって、よう見えんが、ツギはあてにゃならん。父ちゃんの浴衣は肩が抜けたが、今は物がなかで、新しく買うことができん。敗戦からこっち、ずーっとじゃが、都会じゃ食うものもなかっち話を聞くが。

雨の日はなんかしら眠たかよ。雨の音を聞いちょれば、知らんまに寝入ってしまう。目が覚めんまま逝ってしまえたら、なんぼ楽かしれんっち思うが。

若け頃も雨の日は眠かった。今は父ちゃんとあたいの二人が着るもんだけじゃが、あん頃は家族が多かったでね。いっぱいの繕い物を膝に広げて、一針二針縫ううちにいつの間にやら手が止まって、気がつけばヨダレども食っちょって、あわててぬぐうこっじゃ。いつやったか、あたいがそげな風で、針を持ったまま うつらうつらしちょったら、肩に柔らしか手が当たってもんでくれよるのよ。ああ、気持ちよか極楽じゃっち思うて、太か息を吐いて目を開けて後ろを見れば、邦夫がおった。まだ、小学校の四年生くらいやったかねえ。

「肩がこっちょろうが。ちょこっち横になりやればよか」っち言うてくれおった。

あたいが山から柴を担《かた》げっせ下りてくるのに道で会えば「お母っはん、そげん重かもんを、おいが持っと」言うて、代わってくれよった。四年生よりはもう少し大きうなっちょったかね。父ちゃんも子どんらも誰一人そげん気の利いたこっはしっくれんやった。

「邦夫はまっこて優しか子じゃ」っち父ちゃんに言えば、「おまんさあが甘やかすから軟弱になってしもうて」っち言われてよ。末の男の子じゃって、かわいかったのかね。

父ちゃんが海軍の軍人やったで、子どんらは品川やら舞鶴やら呉やらあちこちの港で生まれてよ、邦夫が生まれたんは横須賀におった時じゃ。邦夫の下の娘二人は、父ちゃんが退役して、蒲生《かもう》に帰《もど》っから生まれた。


「ばあちゃん、来たよ」

昼下がいに、足音と一緒《いっどき》に子どんらの声がして、二人が先を争うよに庭先に駆けこんできた。少し遅れて、福子が顔を見せたがよ。

「よう来やった」っち言うて、芋の蒸かしたのを握らせれば、子どんらはすぐに食べてしもうて庭で土いじりを始めたが。あたいと福子は縁側に腰掛けて茶を飲んで、しゃべり方じゃ。つわの花がちょうど盛りで、あたりは金色じゃ。

末の福子が台湾から引き揚げてきたのは今年の春先じゃった。婿どんが台湾鉄道に勤めちょったもんで、ずっとあっちに住んじょった。戦争が終わって半年もたつに、一向に帰っちゃこんで心配しちょったのよ。福子の顔を見るのは、嫁入りの時父ちゃんが台湾まで連れて行って以来じゃから、七年ぶりじゃった。二人の子どんの手を引いて、背中に荷物を背たらおうて、ずっと風呂にも入れんやったんじゃろう、すすけた顔して薄汚れたモンペをはいちょった。日本にはもう船が残っちゃおらんで、舟艇に乗せられたげな。持ち出せるもんも限られちょって。

あたいの顔を見るなり「おっ母はん！」ち言うてべそをかいたがよ。末っ子で甘えっちょるから、こらえられんやったのよ。父ちゃんがふびんがって、「福子がぐらしか。なんぞ食わせるものはなかね」ばっか、言うよ。婿どんは召集されて南方へ行たきりじゃから、住む家がなかで、婿どんの実家に身を寄せるこっになった。うちのすぐ近くじゃから、毎日のよに来るのよ。

子どんらの下し腹が治ったことやらしゃべっちょって、福子がふいに言うた。

「おっ母はんは知っちょいやっと。新しか憲法ができて、日本はもう戦争せん国になったんよ」

なにを言うんやら、この子は。あたや、ポカンっちなって、福子の顔を見つめっちょった。そいから何べんも聞き返したが。

「そいはどういうこっな」

「新聞に載っちょるよ。戦争放棄っち。おっ母はんは新聞を読みやらんでね。お父さんに聞いてみやればよか。戦争ばっかして、たくさん死んで負けたから、平和国家になるっち。そいでよかったのよ。そいでん、うちん人はまだ帰《もど》らんよ」

福子の声が小そうなって、下を見っせ下駄で庭土をこすっちょる。

「婿どんはきっと帰《もど》っ来る。心配せんでよか」

あたいは声を励もした。福子は黙ってうなずいちょったが、また来るねっち言うて、子どんらの手を引いて帰《もど》っ行た。

その晩父ちゃんに聞いた。

「戦争放棄っちなんね」

そしたら、やっぱ知っちょたが、あんまりはきはき言いやらんじゃった。

「戦争に負けたもんで、軍隊はなくすっちこっになったんじゃ」

海軍の軍人じゃった人じゃから、なにやら思うこっがある風じゃったが、口にしたんはそれだけよ。

あたいは、頭がくらくらした。

「あんまりじゃなかね。もちっと早うそげんこっになっちょったら、邦夫を取られることもなかったのに。お国のため、天皇陛下のためっち言われて、連れて行かれてよ。返してほしか。悔しかよぉ」

知らん間に太か声になっちょった。父ちゃんは目を丸うしちょった。

「ちょっと前なら、手が後ろに回るよなこと言いやるもんじゃ。そげな事、言わんでよか」

父ちゃんに言われても、あたや、こらえられん。情けのうてたまらん。腹ん中が煮えるよじゃ。生きちょれば、三十八歳、嫁をもろうて子どんの一人や二人持っちょったろうに。

少したって福子の婿どんが南方から復員しきやった。福子と同じ和歌山の田辺港に入って、もしやっち思うて引き揚げ名簿を見たら、福子と子どんらの名前があったもんで無事が分かったげな。因縁じゃよねえ。まっこてよかったよ。福子の喜んじょる顔を見て、あたいも一安心じゃ。子どんらもお父さんが帰《もど》っ来てうれしいんじゃろう、まつわりついて離れん。南方では食べるもんがなかったのか、えろうやせちょって、見違ゆいようじゃった。今は家でぶらぶらして養生し方じゃ。

三軒隣の人も南方から帰《もど》っ来やった。あたいはしんからほんからよかったたっち思うて、門から庭先へ回って声をかけた。

「奥さん、よかごぁしたなあ、息子さんが無事に帰《もど》りやって」

あたいより十歳ほど若け人じゃが、ちょうど座敷で掃除をしっちょいやった。はたきをかける手を止めて、振り返りやった顔から笑みがこぼれちょった。

「ほんのこて、うれしかこっで、もう駄目じゃろうっち覚悟しちょりましたが、よう生きて帰《もど》っくれて。父ちゃんが生きちょればどげん喜びやったかっち思えば……」

弾んだ声が、途中から涙声になりやった。息子が生きちょるのを知らんまま逝っきゃった親父どんは気の毒じゃが、生還しやってまっこてよかったよ。一緒に笑うて、もらい泣きして、奥さんと分かれて我が家の門口に入ったが、なにやら体の中がすかすかしてすき間風が通っていくよじゃ。

昭和十二年七月じゃった。

支那事変が起こって間もなく、邦夫に召集令状が来たがよ。

明治四十二年生まれで、数えの二十九歳じゃった。二十歳の現役は済ませて、もう兵隊には行かんでよかっち思うちょったがねえ。門司でよか会社に勤めっせ、身持ちも落ち着いてきやったとこじゃった。

戦地に行くっち、考えただけで身がふるえてよ。あたや、涙がこぼれてならんやった。父ちゃんの前では見せんようにしっちょったが、それでも涙がとまらん。

ニガゴイの炒め物やら鶏をつぶして煮込んだのやら、邦夫の好きなもんを用意しちょったのに、あちこちあいさつに回って、家で飯を食う間もなかった。ちょこっちつまんだだけじゃった。もっとゆっくい、食べさせられたらよかった。

征く前の晩、暗か納戸の前であたいを捕まえて言た。

「おっ母はん、おいは無事に帰《もど》っくっで、心配せんでよか」

小《こ》まんか声じゃった。

「じゃいよ、なんとしてでん、無事に帰《もど》っきやれ」

あたいも小《こ》まんか声で言た。

郷士集落はみんなどっかで縁が続いちょるから、出征の日には大勢の人が見送りに来っくれやった。家は馬場通りに面しておって、通りの両側には石垣に槇の生垣の武家屋敷がずらっち並んじょる。そこへ集まった大勢の前で、邦夫は直立不動であいさつしやった。白か麻のズボンに紺の麻の上着を着っせ、カンカン帽をかぶっちょった。そん姿が目に焼き付いて離れん。

次の日、山へ仕事に行こうっちして通りに出れば、夏の日が照り付けて、乾いた白か道が続いちょった。猫の子一匹通っちゃおらん。大勢の人がひしめいちょった昨日のこつはまぼろしじゃったんじゃろうか、それならよかよなっち、思うたが。

そのあと父ちゃんは町に出たときは新聞を買うてくるよになりやった。いろりのはたで晩酌《だいやめ》しながら、新聞を広げっせ声に出して読みやるのよ。あたや、あんまり字は読めんからそれを聞いちょった。

十月じゃったか、杭州湾上陸作戦があって「敵前上陸」っち騒がれてよ、父ちゃんは「勇ましか、さすがは第六師団よ」っち言うて、いつもより焼酎を、ずばっ飲みやった。敵前上陸なんぞ、危ねことをっち、はらはらしたがよ。手柄なんぞ立てんでよか、弾に当たらんこつだけ祈っちょった。

それから父ちゃんの見っちょる新聞を横からのぞくよにしておった。その日は地図が載っちょって、日の丸の小旗がずばっ書いちょるもんで、聞いたが。

「おまんさあ、こん日の丸の旗はなんね」

「こいはな、皇軍の進んじょるとこよ。あっちこっちの道を通っせ、ぐるっと南京を包囲する作戦よ。邦夫の第六師団は、南から西に回り込んでいくんじゃ。じきに南京は陥落すっじゃろうよ」

機嫌のよかこっじゃった。

それからすぐに、新聞に大っきな写真が載った。高か城壁に日の丸の旗が立っちょって、兵隊さんがずらっち並んで万歳しっちょった。父ちゃんは新聞を手に、わが手柄みてにうれしそうでよ、太か声で教えてくいやった。

「ほれここに、敵六万皆殺しじゃっち書いちょるよ」

「残敵の総殲滅戦が着々と進んじょるよじゃ」

「剣道四段の猛者が蒲生に帰《もど》っ来て、刀で敵をそがらし切ったっち話をしたげな」

あたや、邦夫が無事じゃればそいでよかっち思うて、聞いちょった。そん頃は国中がお祭りみてな騒ぎで、「南京陥落」の号外まで出たげな。

外に出れば近所の人が寄ってきて言うたよ。

「第六師団は見事なもんでごあすな。四十五連隊は城内には入らんやったが、揚子江の下関《シアクワン》で敵をすっかい掃討をしやって、勇ましかこつでごあんど」

「おまんさぁのとこの邦夫さんも立派な働きをしやったんじゃろう。さぞかし鼻が高けこつなぁ」

邦夫が中学生の時は、不良じゃの、女好いちょっじゃの、陰でこそこそ言た人らが、今度はニコニコ顔で、そげなこっがよく言えるもんじゃっち思うた。じゃがよ、見返してやった気がして、胸がスーッとした。

昭和十三年の春になっと、徐州会戦が始まったが。「徐州、徐州と人馬は進む」っち、歌にもなったあれよ。よか歌じゃ。よう流行って誰もかれも歌っちょった。

今度こそ帰《もど》っ来る、次の作戦が終われば帰《もど》っくるっち思うてずっと待っちょったが、いつかな帰《もど》しちゃもらえんじゃった。夏には武漢作戦になってよ、漢口まで行たのかねえ、ぐらし手前で帰されたのかねえ。もう体がついて行かんよになっちょったんじゃろうよ、ぐらしか。

十月になって、熊本陸軍病院まで来いっち電報が家に来てよ。父ちゃんは「おまんさぁが行っきゃれ」っち、言うた。親なんじゃから父ちゃんも行けばよかろうもんを、女々しいっち思うのかね。一緒に行てほしかった。ふた親そろうて見舞うてやりたかった。父ちゃんは福子に「おっ母はんは旅慣れちゃおらんから、おまいがしっかい面倒を見らんな」っち、言うておった。福子と一緒に、乗合自動車で加治木に出て汽車に乗ったがよ。

邦夫はいけな具合なんじゃろうか、電報が来るっちこっはよっぽど具合が悪いんじゃろうか、そいでん、ちょっと前には手紙をくれて、元気で軍務に励んでおりますっち書いちょったが。

汽車はいっかな進まん。歯がゆかこっじゃった。

水俣あたりまで来た時、ここをあたいの父親が明治十年の役に行くとき、歩きやったんじゃっち、急に気付いたが。そん頃は汽車なんぞなかで、鉄砲かなんかしら重かもんを担《かた》げっせ歩《さる》っで行っきゃったのよ。大変じゃったろうに。それっきり帰《もど》りゃならなんだ。熊本まで行って城を攻めて。

汽車に揺られて目をつぶって、顔も覚えちょらん父親のこっやら、幟旗がいっぱいじゃった邦夫の出征の日のこっやら、なんやかんや思うちょるうちに、やっと熊本に着いて、城のほとりの陸軍病院に急いだ。

城を横にみて、堀に沿って歩いて行ったがよ、石垣の周りの道が遠うして、行っても行ってもたどり着かんやった。やっと着いて、受付で名前を言うて病室を教えてもろうた。長げ廊下がどこまでも続いて、両脇に病室が並んじょった。たしかこの部屋じゃっち思うて入ったが、部屋を間違えたんじゃろうかっち思うた。顔を見てもすぐには分からんやったのよ。目をつぶっちょったが、やせて、頬骨が浮き出て鼻ばっか高こうなって顔の色はなかったよ。戦地じゃあ飯を食わしてもらわんやったのかねえ。

しばらく待っちょったら目を開けて、あたいの顔をじっと見やった。

「おっ母はん、来っくれやったとな。遠かとこまで、汽車が大変じゃったろう」

細声《ほせ》で言た。もう太か声を出す力がなかったんじゃろう。こげなときでもあたいをねぎらうもんで、胸が詰まった。そいから福子の方に顔を向けて言うのよ。

「すっかい娘らしゅうなりやったもんじゃ」

「兄《あん》さん、いけな具合じゃね」福子が身をかがめて聞いた。

「おいはすぐにようなって退院すっと」

「じゃいよ、早う、治りやらにゃあね」

「ちいと具合が悪うなっただけじゃ」

そげん言うとじーっと遠くを見っちょったが、急に笑顔になっせ言うた。

「おッ母はん、仙台平の袴が欲しか、作っちくいやらんね」

笑うたら、こけた頬にしわが走った。

仙台平の袴、ないごてそげなもんが要るんじゃろうかっち思うたが、「よかよ、早う治りやらんね」っち言うて、あたいはそっぽを向いた。涙を見せちゃならんでよ。

看護婦が入ってきて「おしっこをとります」言うもんで外に出ておった。中から「いたい、いたい」っち叫ぶ声がしてよ、あたいは身を切らるるごっじゃった。さぞかし痛かったんじゃろうよ、辛抱強い子じゃもの。そいから別室に呼ばれてよ。机に向かっちょった軍医さんが、椅子をぐるっち回して、あたいらに言やったのよ。

「脚気に掛かって、心臓が弱っているから、もうあまり持たないでしょう」

なにを言っちょるのか、あまり持たんっち、どういうこっね。あたいは丸眼鏡をかけた軍医さんの顔から目が離せんやった。

それからチラッと福子の方を見てから声を落としやったが。

「悪い病気にかかっていて、ひどく体力が落ちていたからね」

頭ん中が空っぽになってなんも考えられん。じゃが、性病のことじゃろうっち分かったよ。情けなか、内地でかかりやったのか、戦地でもらいやったのか。徴兵検査の時はそげなもんにはかかっちゃおらんやったのに。帰りの道ではあたいも福子も物を言わんやった。

宿について、夕飯を済ませて、二つ並べて敷いちょる布団に入ったが。汽車で疲れちょるのに、頭の芯が冴えてなかなか眠られん。福子もそげな風で寝返りばっか打っちょった。風の強か日で部屋の障子がカタカタ鳴っちょった。

「なあ、おっ母はん、軍医さんはあまり持たんっち、言やったが……」

あたや返事をせんやった。

「兄《あん》さんはないごて、仙台平の袴のこつなんぞ言やったのかねえ。もともとおしゃれな人じゃが……びっくいしたが。お父さんが聞いたら怒りやったじゃろうね」

「じゃいよ。父ちゃんは十四か十五で海軍に入ってからずっと海軍暮らしで、日清戦争と日露戦争に出て、ケガもせず帰《もど》っ来やった人じゃから、軍人精神の固まりよ。なんかっち言えば精神がたるんじょるっち、がなりやるが。そげな人とゆらんゆらん柔らしかあの子とは、水と油じゃ」

「そげな風じゃったね」

「あの子は人懐こうて、いっつもニコニコしっちょったから、近所のおっ母はん連中からもかわいがられちょったよ。大きゅうなってもそげな風じゃったから、父ちゃんは気に入らんやったのよ。いろりのはたに座らせて『男がそげん、へらへら笑うもんじゃなか。三年に片頬笑えばよか』っち言うて、説教しちょった」

三年に片頬ね、っち言うて、福子がくすっち笑うた。

「お父さんはあたいには厳しかこつはなあんも言わんが」

「そりゃ五十歳でできた末っ子じゃからよ。だいたい父ちゃんは女の子には甘めえのよ。一度あたいは言うたこつがある。ないごて、男ん子にはきつうあたりやるねっち」

「お父さんはなんち」

「兵隊になるからじゃっち、言やったお」

「お父さんらしか」福子はふーっち息を吐いて口をつぐんだ。風のなる音が大きうなった。

「兄《あん》さんとあたいはだいぶ年が離れちょったで、覚えちょるのは、おっ母はんの着物や指輪を質入れして、上の姉さんが受け出しちょったことよ」

「そげなこつがあったもんね、なんかしら銭が要たんじゃろうよ」

思い出してため息が出たが。

「もう寝らんね、明日は早うに病院に行かなならん」

そう言うて布団を被ったがよ。風はいっかな止まんで、遠くでひゅーっち鳴っちょった。そいからも眠られんで、目を開けて部屋の中を見回したが。暗闇があるばっかで、闇とあたいの境目が分からんようになって、溶けていくよじゃった。

次の日の朝、病院に行た。堀に沿う道はまた長かったお。そんとき後ろからついてきた福子がたまげたよな声をあげた。

「あれぇ、おっ母はん、見やらんね。そけぇ、白か幟旗がひらんひらんしっちょるよ。葬式行列じゃなかね」

振り返って、福子の指さす堀を見てもなんも見えやせん。なにを詰まらんこっを言うんじゃろう。

「そげなもんは見えやせんが」

「ないごて見えんね。ほら、そこに行列が見ゆっが。あいは葬式の旗よ」

あたやは前を向いて急いだ。福子はまあだ後ろで「ないごておっ母さんには見えやらんのじゃろう、あげにはっきり見えちょるのに」とか、言ちょった。

後になってから思うたよ。あたいには見えんじゃったが、二十歳の娘の福子には見えたんじゃっち。

堀を渡って病院に入って、長げ廊下を歩いて病室に近づけばよ、開いたドアから看護婦が走り出っきやった。中に入ると昨日の軍医さんが振り返りやったのよ。

「ああ、たった今でした。亡くなられたところです」

声は耳に入ったんじゃが、あたいの胸には入らんじゃった。なんちうおかしなこつを言いやるんじゃろう。邦夫は目をつぶって寝っちょるのに。そばに行って顔をなでたら、温かった。ほら、生きちょるよ。

「邦夫、邦夫」

じゃがよ、何度呼んでも目を開けん。ゆすってもいかんやった。やっぱりけ死みやったのよ。あたや死に目に会えんじゃった。家族に看取られんで、一人で逝っきゃった。ぐらしかよ。涙も出んやった。前の日は普通にしゃべっておったが、自分が死ぬっち思わんじゃったろうに。いきなり、持っていかれてよ。

それから後のことはあんまり覚えちゃおらん。なんか頭がふわんふわんして。

寺で葬式をしたがよ。宿の隣がそん寺じゃったもんで、福子が顔色変えて言うたよ。

「あたいらは葬式寺の隣に泊まっちょったのよ。初めから兄さんが死ぬこっが決まっちょったよじゃなかね」

あたいも気持《きも》っが悪かった。福子は若けからよけい感じやすかったんじゃろう。葬式には連隊関係の人が参列しっくれやった。あたや、黒紋付の羽織を着たが。出かける時、父ちゃんが言うたのよ。

「黒か紋付羽織を持っていかんなら」

「ないごてそげなもんが要っと」

父ちゃんは目を細めてちょっとの間黙っちょったが、「ま、あった方がよかよ。偉か人に会うこっもあるやもしれん」っち言うもんで、荷物の底に入れてきたが、分かっちょったのよ。軍隊生活が長かった人じゃから、家族を呼ぶときはもう助からんときなんじゃっち。

骨になってしもた邦夫を膝に抱いて連れ帰《もど》っせ、蒲生で神主を呼んで葬式をしたが、ほんとのこっか分からんやった。出征の時撮った写真が遺影になってよ、父ちゃんの弟が抱え持っちょった。鉄砲を抱いて、うるんだよな太か目でこっちを見つめちょる写真じゃ。盛大な葬式で、幟が立ち並んで人がそがらし来た。あたいは木偶のよに黙って頭を下げちょった。

「名誉の戦死、おめでとうごあす」

そげん言う人がおった。あたや、腹けちょった。息子が死んでめでたいっち、そげなこつがあろうもんね。


葬式がすんでしばらくたって、おなごが訪ねっきた。門口で声がして、出て見れば、このあたりじゃ見かけんきれいげな身なりのおなごじゃった。赤と黄色の花柄の着物を着っせ、小柄で丸っこうて、器量はまあ十人並みよ。年は邦夫と同じぐれに見えた。

「うちは邦夫しゃんの知り合いたい、お参りしゃしぇてほしか」

そげに言うもんで家に上げた。ちょうど父ちゃんが福子を連れて町に出っちょって留守じゃったからよかったのよ。おろうもんなら、すっぐに追い返すとこよ。

おなごは祭壇の前で拝んでから、長げこっ写真を見つめちょった。あたいは茶を入れて出したが。

「なして亡くなられたんと」っち訊いたから、「脚気でごあした」と教えたが。

「うちん邦夫とは長げ付き合いじゃったかね」

あたいはそいが知りたかった。おなごはうつむいちょったが、膝に涙をぽたんぽたんこぼした。

「三年半になります」

門司のカフェで女給をしちょるとこへ、邦夫が客で来て、そいから付き合い始めたよな話じゃった。名前は初枝。あたいの聞くこっにぽつぽつ応えっくれたが、あまり口数の多か風じゃなかった。

二人の間じゃあ、やがては一緒になる話が出っちょったよじゃ。親の借金を返してしもうてからっちこっじゃったげな。亡うなったことを、店に来た邦夫の会社の人から聞いたんはずいぶん後じゃったげな。葬式に行けんじゃったっち言うて、また泣いちょったが。邦夫のこっをえろう好いちょる風じゃった。

あげなおなごがおったんなら、いけんしてでん一緒にしてやればよかったたっち思うて、悔しかったが。結婚したかったんじゃろう。

カフェの女給じゃろうが、なんでんよかよ。邦夫さえ好いちょれば。じゃっどん、うちん父ちゃんは許さんやったやろう。そいが分かっちょったで、言い出せんやったんじゃろう。そう思うたら、ぐらしか。父ちゃんが士族じゃのなんじゃの体裁ばっか構うからよ。情けのうてたまらん。

この年になってつくづく思うがよ。あたいの一生は戦争と離れられんやったっち。

父親は維新の後、東京に出て巡査をしちょいやったが、明治六年に西郷どんが鹿児島に帰《もど》っきやったもんで、辞めて帰《もど》っ来た。そいから嫁をもろうて、あたいが生まれて。

西郷どんが明治十年の二月に、兵を連れて鹿児島を出やった。そんとき兵を募ったもんで、父親も行っきゃった。いやも応もなかったのよ、蒲生郷士はみな行くんじゃから。後ろ髪を引かれるっち言葉があっが、それよ。出発の前、みなで集まっちょった所から、あたいの顔を見に家に帰《もど》っきやったげな。

「ツルよ、ツルよ、赤けほっぺたじゃなぁ。元気でおれよ」

ちょっとの間、抱っこして、ほおをなでてよ、そいから出て行っきゃった。一歳半ぐれじゃったあたいは父親の後をよちよち歩いて追いかけたげな。おっ母はんがそげなこつを言うておった。

熊本城を攻めきらんで、その後は薩軍が負けちょるっち伝わってきた。蒲生隊から官軍に投降したもんが大勢おるっちこっも耳に入ってきたげな。

八月に入って、いくさに行た人らが何人か家に帰《もど》っ来やったのよ。なんでん、敗走するうちにはぐれて、食べるもんもなかで、長げこっ山の中をさまようちょったげな。ばあちゃんとおっ母はんが知り合いをたどって尋ね行て、やっと父親の消息が分かった。三月の吉次峠の戦いでけ死みやったっち。なんちうこっかね、亡うなって五カ月もたっちょったのよ。ばあちゃんはいけな気持ちがしたんじゃろう。ずっと息子の無事を祈っちょったのに、とうに亡うなっちょった。

吉次峠では官軍の攻撃が激しゅうて大勢が亡うなって、隊長も撃たれて命を落としやった。あたりはどっこもかしこも、流れた血でまっ赤に染まって、畠には大勢が倒れちょったげな。遺体がなかなか見つからん人もおったが、うちん父親はすぐに見つかったが、弾が睾丸《たま》に当たっておったげな。むごか姿じゃったっち。負けて逃げるわけじゃっで遺体は、そのまま置き去りよ。

親戚の中には弾が睾丸に当たったんは「股が汚れっちょったとやろうかね」っち言う人がおって、ばあちゃんは腹けちょったげな。

ばあちゃんは我が子が野ざらしになったこっが一生胸につかえちょった。

父親は家を出てから、あたいの顔を思い出しちょったんじゃろうね、ぐらしか。

薩軍はあちこちで負けて、山の中をたどって鹿児島に帰《もど》っ来て城山にこもりやった。そん途中、八月の末に蒲生を通りやったが、見つからんよに夜明け前に立って行たそうじゃ。

よ。

そいを見て、ばあちゃんはいけな気持ちがしたんじゃろう。たった一人の息子を取られて

西郷どんの軍は賊軍になって、明治十年の役は「賊徒反乱」っち言われた。じゃから、あたいの父親は賊徒よ。後になって西郷どんが名誉を回復しやって、そげな言われ方はせんようになった。

亭主に死なれたおっ母はんはあたいを置いて実家に帰《もど》りやった。あたいがぐずるっち思うて、昼寝をしちょる間に出て行きゃったが、目を覚ましたあたいは家ん中を捜し歩いて太か声で長げこっ泣いたげな。その後おっ母はんはまた嫁に行たのよ。親が勧めたのかねえ、だいたいが器量自慢の人やったが。相手はやっぱ蒲生の郷士じゃった。そいで弟が生まれた、父親違いの弟。

じいちゃんが死んで、一人息子の父親が先に死んじょるから、従弟が跡を継いだ。あたいはばあちゃんと二人で暮らしちょったが、亡うなってからは、あたいのおるとこはなかで、おっ母はんの再婚先に身を寄せて弟の守をしっちょった。

おっ母はんの再婚相手はよ、あたいの背中の子には「おお、よしよし、機嫌のよかこっじゃ」とか「ほれほれ、手を中に入れちょれ、今日は寒いで」とか話しかけるんじゃが、

あたいにはひとことも言わんじゃった。邪魔にするわけでもなかが、あたいの姿が目に入っちゃおらんよな風じゃった。学校にはちょっとの間しか行かんやった。あの頃のおなごは、よっぽどよか家の衆はべつじゃが、だいたいはそげなもんよ。

年頃になって、嫁に行たんが十歳年上の海軍の軍人じゃった。あちこちの港に住んで、次々に子どんを生んだ。留守にはなれっちょったが、喜望峰を回ってイギリスのロンドンに行っきゃったときは、長かったお。日清戦争がすんで、日露戦争に行っきゃったときは、戦死の知らせが来やせんかっちひやひやしっちょった。子どん四人を抱えちょったでね。じゃが、父ちゃんはまっこて運の強か人よ、死にもせずケガもせずに帰《もど》っきて、退役を迎えやった。

福子の婿どんが四月から国鉄に拾うてもろうこっになって、まっこてよかったよ。鉄道の仕事は慣れちょるじゃろうし。じゃっどん、佐世保に決まったっち。遠かとこじゃっで、これまでのよに毎日福子と孫の顔を見れんよになるのは徒然ね。子どんが八人おっても、みんな家を離れてしもうてからに。

引っ越しの前の日、父ちゃんが加治木まで出て、饅頭を買うてきやって、「福子に食べさせちゃれ」っち言うて、そのまま畑の野菜を取りに行っきゃった。ちょうどそこへ福子が子どんを連れて来たもんで、縁先に茶を入れて出した。

「加治木饅頭ね。まだ、温か」

福子はうれしそうな顔で、二つに割ってぺろっち食べやった。子どんらもすぐに食べてしもうて、庭で遊んじょった。あたいは福子と二人であれこれ話し方よ。そいでやっぱり最後は邦夫の話になったが。福子が言うた。

「上の姉さんが言うよ。『邦夫が生きちょればよかったのに。戦後の世の中では商売でんなんでんして、成功しやったよ』っち」

初めて聞くことよ。そんとき福子がわけを聞けば、言うたげな。

「邦夫はあの時代には合わんじゃったのよ」

そうかもしれん、そいじゃって、死んでしもうて。ぐらしか。

そいから、福子が思い出したよに言うた。

「おっ母はん、東京裁判のこと、聞いちょるね」

あたいは知らんっち言うた。

「新聞に載っちょるが。ラジオでも言うちょるよ。アメリカやらよそん国から人が来て、戦争犯罪を裁いちょるっち。そん中に、南京虐殺っち事件があってよ。日本の兵隊さんが捕虜やら住民を手当たり次第に殺してよ、まっこておそろしかこっをやったげな」

あたや福子の口がせからしう動くのを見っちょった。

「捕虜やら、逃げようっちして揚子江岸の下関《シアクワン》に集まった人を、女も子どんもお構いなしに機関銃で撃ち殺したんじゃと。そいから、強姦よ。まぁだ十代の女の子までやったげな。あたやひったまがった。そいで司令官やった大将が罪に問われっちょっと」

ちょっと黙っちょれ。頭《びんた》が痛かよ。

「そげなこっ聞いたことがなかよ」

「戦争中はよ、新聞に『残敵殲滅』とか『捕虜撃滅』とか書いちょった、あれのこっよ。お父さんなんかは鹿児島の新聞を買うて来て、第六師団の跡をたどっせ、喜んじょいやったが。南京に行てからは、新聞記事はもっとくわしゅうなって、邦夫兄《あん》さんの四十五連隊が城内には入らんで、下関《シアクワン》に行て掃討に当たったたっちことまでくわしゅうに載っちょったのよ」

「あたや知らん」

「兄《あん》さんのことを思うたのよ。兄《あん》さんは南京の下関《シアクワン》でよ、新聞に書いちょるよなこっをしやったんじゃろうか。まさかっち思うが」

「聞きとうなかよ。そげな話」

あたいは縁側から庭に下りて子どんのそばに行って、しゃがんだ。

「佐世保に行ても元気でおれよ。もしもよ、食べるもんがなけりゃ、お前たちだけこっちに帰《もど》っくればよか」

子どんらは、にこっち笑うてうなずいた。

「明日の支度があるじゃろうから、もう帰《もど》らんな」福子に言うて帰《もど》らせた。

そいからずっと、あたいの頭の中には福子の言うたこっが居座って離れん。気が付けばそればっか考えちょる。まさか、優しか邦夫が、女や子どんを殺したりしやらんやったはずじゃ。そげなこっができる子じゃなか。そう思う先から、軍隊なんじゃから、命令さるれば逆らうわけにいかんやろう。まことかもしれんっち、あっち行ったり、こっち来たり、心が動くのよ。むごかこっよ。

ふいに邦夫が最後に言うた言葉が浮かんできたが。

「仙台平の袴が欲しか」

そんときは、ないごて袴のことなんぞ言いやるのか、わからんじゃった。福子なんぞはよ、兄《あん》さんは死ぬっち思わんで、着る物《もん》のことなんぞいうて、どこどこまでもしゃれ者じゃっち、思い方じゃ。

あたいは今になって気が付いたがよ。邦夫は自分が死ぬっちわかっちょったのよ。死ぬんじゃから、せめて仙台平の袴をつけて逝きたかったのよ。軍服やら病院の白衣じゃなしに、よか着物によか袴をつけて。そげなこっも分からんであたや馬鹿な親じゃ。治ったら買うてやる、なんち気休めを言わんで、熊本じゅうを探して買うてやればよかった。

日本はもう戦争をせん国になったたっち聞けばよ、これからの若け人はよかよなぁっち思うが。戦争に行て、殺さんでも、死なんでもよくなったんじゃから。

戦争をせん世の中に、あたや、もう一度邦夫を生みなおしたか。

しばらく菜種梅雨が続いちょったが、今日は陽が出たもんで、あたいは洗濯もんを抱えて川まで下りて行た。水かさが増して、ごうごう音立てて流れちょる。照り返しがまぶしか。土手には草の緑が走って、遠くには菜の花の列が浮かんじょる。

なんかしらもやもやしたもんが、そこいらに漂っちょる気配がすっで、あたりを見まわした。

「邦夫、邦夫じゃなかね」

声に出して呼んでみた。返事はなか。あたいは洗濯もんを川につけて、力を入れてゆすいだ。水はまだ冷たか。

*

島へ渡る日

ＪＲ高松駅の改札を抜けてまっすぐに進むと、弓なりに反った高松城の高い石垣と堀が現れた。それを横に見てしばらく行くと港に出る。船は一時五十五分に第一桟橋から出るが、どこなのだろう。あと十分しかない。うろうろして乗り過ごしては取り返しがつかない。船は一日に四便。次は四時四十五分の最終便だ。それでは帰りの船がない。

フェリーの発着場を通り過ぎると、屋根のある浮橋が海に突き出ているのが見えてきた。隣にも同じようなのがある。桟橋は一本ではないようだ。あたりを見回すと、古ぼけたコンクリート造りの平屋に乗船券売り場の看板が掲げられている。大島に行く船は無料だが、そこで尋ねるしかないと思い、ドアを押してなかに入った。数人が椅子に腰かけているそばを通って窓口に行き、ガラスの丸い穴から声をかけた。

「大島行きの船はどこから出るのですか」

窓口の若い女性はこのすぐ前からだと指さし、探るような視線を投げかけた。

教えられた場所で待っていると、人がしだいに集まってきた。改まった服装の人はいないが、背広の男性も混じっている。台車で大きな荷物が運ばれてくる。やがて白い船が姿を現した。思ったよりも大きな船だ。横腹に「まつかぜ」と書いてある。船員が荷物を甲板に積み込んでいる。タラップを踏んで乗り込み、船室に降りた。通路をはさんだ両側の座席に、十人ほどが座ったところでエンジンがかかって出港した。

船は大きく上下に揺れながら次第にスピードを増して行く。防潮堤を出るとすぐに港は見えなくなった。曇り空を写して鉛色の海はおだやかに凪いでいる。前方を大きなフェリーがうねりを残して通り過ぎていく。船が揺れる。

乗客は大きな荷物を足元に置いてうつむいていたり、窓の外に目をやったりしている。船内にはエンジン音だけが響く。切り立った岩肌を見せる先のとがった山と、手前に台形の丘が現れた。あれは屋島に違いない。反対側に島が見える。

これから納《おさめ》道子と初めて会う。電話では何度も話をしたが、顔を合わせたことは一度もない。会ってどんなことをしゃべろう。新大阪から乗った新幹線の中でも、岡山で乗り換えた瀬戸大橋線のなかでもずっと考えていた。別に構えなくてもいいと思うが、近づくにつれて緊張がましていく。彼女の詩と出会った五カ月前のことを思い起こしていた。

五月のよく晴れた火曜日だった。中之島図書館に向かう道路には、枝を広げたケヤキの葉からもれる陽がまだら模様を描いていた。川面に跳ね返った光がきらめいている。

図書館のドアを押して中に入ると、外の日ざしが急に室内の暗さに代わった。銭湯の番台のような受付から、紺色の上っ張りを着た中年女性が下足札そっくりの鍵を渡してくれる。受け取ってロッカーにバッグを入れ、社会科学室に入り席をとった。

高い天井の近くまである窓から木漏れ日が射している。広い長方形のテーブルに四人ほどが席についているだけで、部屋の中は物音一つしない。机に筆記用具を並べ詩のノートを広げた。火曜日はたいていここに来る。

二年余り前、前触れもなしに自宅に人事異動通知書が速達で郵送され、市立高校の教員から事務職への配置転換を告げられた。市民センター勤務となり、授業をすることができなくなった。

今も教えたいエネルギーが湧きあがり、胸が苦しい。たぎる力をどうすればいいのだろうか。復帰に備えて教材研究をしたり、本を読んで論文を書こうとしたが、どれも続かない。やがて詩にたどり着き、詩を読んで、書く日を送っている。

休日が変更されて火曜日が休みになった。朝、登校する息子を送り出してから、ベランダで洗濯物を干していると、前の道路に自転車の高校生が次々に現れる。腰を浮かして上体を左右にゆすり、あるいはハンドルにおおいかぶさって紺色のスカートを跳ね上げ、長い坂を漕ぎ上ってくる。まもなくチャイムが鳴る。予鈴に続いて本鈴、そして授業が始まるのだ。

ふいに教室のにおいがよみがえる。ドアを開けて中に足を一歩踏み入れた途端に、生暖かい空気が押し寄せる。甘い香りがかすかに漂っていた。体育の授業の後の教室は、汗と砂埃のにおいがこもっていた。

窓の外に目をむけて書きかけの詩の続きを考えていたが、頭が煮詰まって言葉が出てこない。椅子から立ち上がり、詩集のコーナーに足を向けた。棚にはすでに読んだものばかりが並んでいる。ふと一冊が目についた。やや大判のあずき色の詩集。作者は納道子、知らない詩人だ。手に取ってぱらぱらとめくった。

「いまは　はかない願望のために　いられるほどひもじい　どこからも　何もおこらないひっそりとしたこの秋」（注1）

開いたページから目が離せなくなった。これはわたしのことではないか。ページを繰って読む。この人は苦しんでいる。深く苦しんでいる。孤独な魂の声が聞こえる。目をつぶって思い切り息を吸い、ふーっと吐き出した。体の奥のかたまりが溶けていく。

「療園」という語に思い当たるものがあり、著者略歴を見た。

一九二九年愛媛県に生まれる。一九四三年、ハンセン病を発病、国立療養所大島青松園に入園。

やはりそうだった。今年は一九九〇年だから、作者は六十一歳。今なら中学生の年ごろに親元から島の療養所に連れてこられ、それから今日まで四十六年にわたる隔離の歳月を生きてきた人。これまでに九冊の詩集を出し、これが十冊目になる。

貸し出しの手続きをして詩集を家に持ち帰った。夕食が終わり、息子はテレビの前に陣取って笑い声をあげている。帰りの遅い夫の皿にラップをかけ洗い物にとりかかり、弁当の下ごしらえをしている間に、息子は部屋に引き取っていった。テレビの音が消えたダイニングのテーブルに詩集を開いた。橙色の灯がページを照らす。一篇読んでは本を閉じ、目をつぶって、浮かんでくる匂いや色や情景をごくりと飲みこんで味わう。読み終わるのが惜しい。

このなかにわたしがいる。隔離の島から彼女が発した詩という電波を、たしかに受け取った。そのことを伝えたいと思った。手紙を書きかけて何度も書き直した。ようやく仕上げ、略歴に書かれた住所あてに送ったときは、すでに六月に入っていた。詩に惹かれるわたしの事情にも少し触れた。

四、五日あと、郵便受けにハガキが入っていた。見覚えのないくねくねと曲がった字。差出人を見ると納道子だった。顔が火照った。心のどこかで返事を期待していたが、十冊も詩集を出している詩人から本当にもらえるとは思っていなかった。読みにくい文字をたどった。

〈こんなに深く読みとっていただけましたこと作者といたしましてはほんもうです。他の詩集も機会がありましたらお読みいただきたいと思います〉

密室に新鮮な空気が吹きこむようだ。次の詩集が夏に出るからサインをして送るとある。思い切って手紙を出してよかった。

〈私は元気に暮らしておりまして夏が大好きです。汗をかきながら冷めたい西瓜が食べられたら最高です〉のくだりに、笑みがもれた。

それから一週間ほどたった夕方、食事の支度中に電話が鳴った。忙しい時間に誰だろう。受話器を取ると、知らない女の声が「谷川さんのお宅ですか?」と言う。頭のてっぺんから出ているような声だ。「はいそうです」とぶっきらぼうに答えた。息子が中学二年生になって以来、学習塾から頻繁に電話がかかる。

ところがかん高い声は「納道子です。わたしに手紙をくれた谷川さんですか?」と畳み掛ける。思いもかけない相手だった。あわてて、できるだけ愛想のいい声で「はいそうです。手紙を送りました」と答えた。

「納さん、よくわたしの電話番号がわかりましたね。手紙には書いてなかったと思いますけど」

「電話局の番号案内に聞いたのよ。住所を言って、谷川さんという家の番号を全部教えてもらったの。順番にかけようと思ってね。一番初めにかけた家は、違いますっていってた。二番目にかけたら、そうやった」

急にトーンが下がって声が落ち着いた。

「すごい行動力ですね!」と言うと、受話器の向こうで笑い声がはじける。わたしも思わず笑った。

「声が聞きたかったから電話したの」と言う。

それ以来時々電話がかかった。「あぁ、谷川さん」で始まる電話は、いつも仕事から帰って夕食の準備に追われている時間帯になる。息子が自分の部屋から姿を現し視線をこちらに向ける。目が合う。わたしは受話器を持ったまま、声を出さずに口の形で「待ってて」と言う。息子は頰をふくらませて目をそらせ部屋に戻っていく。

八月にはいって間もなく、夜の九時過ぎに電話が鳴った。受話器を取ると「あぁ、谷川さん」くぐもった低い声だ。

「今日は遅いんですね。珍しいこと」

「ここのところ、眠れんでね。いろんなことを考えてしまって。眠ろうとしたら余計眠れんのよ」

つらそうだ。しばらく話を聞いていると彼女は電話を切った。

十分ほどして、また電話のベル。

「あぁ、谷川さん」声はさっきほど低くない。眠れないと、同じことを言う。

「医者に相談してるの」

「薬をもらってるけど、効かんのよ」

短いやり取りをしてすぐに電話は切れた。少したって、また電話が鳴った。

「あぁ、谷川さん」また眠れない話かと思った。

「わたしね、今朝、詩をふたつ書いたのよ。言葉がすっと出てきてね。ちょっと読んでみようか」

ぜひ、と言って耳を澄ます。できたばかりの詩が聞けることにどきどきして、どんな感想を言えばいいか、責任が重いと、緊張する。

「『腹』と『ねむり』の二つや」

朗読が始まると、急に芯の通った太い声に変わる。

「あわれみの系図を時間の中に眠らせて……」という一節が耳に残った。

「どうしたらこんな言葉がでてくるの」と、感心する。

「朝、急にできたよ。谷川さんに聞いてほしくてね」

打って変わった高い声になった。朗読してくれた礼を言う。

「じゃぁ、時間があれば電話ください」

と言って電話は切れた。眠れないから、ねむりの詩を書いたのだろうか。やはり詩人は違う。終わってから、どうしてきちんと書き留めなかったのかと悔やんだ。

こちらからも電話した。電話はどちらからかけても「じゃ、また話をきかせてね」と言って、必ず彼女の方から切る。気を遣っているのだ。

少し慣れてきたころ、これまでの詩集が読みたいと頼んでみた。彼女は残念そうに、ほとんどがもう絶版で手に入らないと言った。が、すぐ翌日に電話があり、島の青松園の教会へ日曜礼拝に来る横山牧師に、届けてもらうように頼んだと言う。その週のうちに牧師は西宮の自宅からわたしの勤務先の芦屋まで、詩集を入れた紙袋を両手に下げてやってきた。彼女を取材したテレビ放送の録画ビデオも一緒に入っていた。親切が身にしみた。

ロビーの椅子に向かい合って腰を下ろした。納とは二年ほど前から交流があるという横山牧師は、彼女の精神状態が不安定な時は深夜に何度も電話がかかるという話の後で「絶対にこちらから裏切ってはいけませんよ」とくぎを刺した。眼鏡の奥から真剣なまなざしが注がれる。以前、詩がきっかけで付き合いを求めてきた人がやがて去っていき、彼女がひどく苦しんだと言う。

「ええ、よく分かっていますよ」とさりげなく答えた。しかし内心では、わたしがそんなことをするわけがない、そんなことをするくらいなら初めから手紙など出さないと、少し見くびられた気がした。しかし横山牧師にすれば、納道子が傷つかないようにと配慮したのだろう。

詩集を毎日読んだ。頭の中は詩でいっぱいになる。詩の深さは彼女の不幸の深さにちがいない。

「食べに行く　光を風を人の匂いを　一度だって　ただ遊び　ただ無邪気だったことはない　いつも　がつがつ食べた　食べても食べても　まだ食べたかった」（注2）

ひもじさ。何をもってしても埋まらないむなしさ。存在そのものへの問い。それらがぎっしりと詰まった作品を読んでいくと、彼女が打ち破ろうとして全身でぶつかっているものと格闘したような錯覚を覚えて、ぼう然となった。それは透明で柔らかで、それでいて強靭な壁、いや、壁というよりも膜のようなものだ。

詩集を読むと会いたくなった。電話でそう言うと「会うとがっかりするよ」と意外な返事だ。すぐに承知すると思っていたのに、気が進まない様子だ。「そんなことないよ。絶対」と何度も言って、ようやく十月九日の火曜日に訪問することが決まった。

なにをためらっているのだろう。以前に去っていった読者のことが、尾を引いているか。それとも後遺症のことだろうか。ビデオでは、重い後遺症があるようには見えなかったが。

しだいに船の揺れが激しくなり、下腹のあたりが締め付けられ中からこみあげてきそうだ。つばを飲み込んでぐっと腹に力を入れて抑え込む。早く着いてくれとすがるような思いで外を見るが、船はまだ白い波しぶきを跳ね返して進んでいく。時計を見る。所要時間は約二十分と園の機関誌に書いてあったから、あと少しの辛抱だ。もうだめだと思ったときようやくエンジンの音が弱くなった。船が岸壁に横づけになる。船員が下りてロープを結わえている。乗客はみんな船室から出ていく。わたしは息をととのえて最後に船室を出た。

彼女が船着き場まで迎えに来ることになっている。顔はビデオで何度も見ているからすぐわかるはずだ。岸に、黒っぽいパンツに赤い花柄セーターの女の人がいる。髪が短く、両手を前にだらりと下げ、少し前かがみに立っている。あの人だ。ぐらぐらと揺れるタラップを踏みしめて下り、そばに行った。彼女の方が先に口を開いた。

「谷川さん、よくいらしてくださいました。納道子です。お会いできてうれしいです」

電話でのざっくばらんな調子とは打って変わった丁寧な挨拶にへどもどして、やっとのことで「谷川優子です。はじめまして。わたしこそお会いできてうれしいです」と言った。

「わたしのこと、すぐにわかった？」

「はい、ビデオを貸してもらって見ていたのですぐにわかりました。お元気そうですね」

「ええ、わたし、このところ元気なんよ」

彼女は口を大きく開けて笑った。いつも電話で耳にする子どものような笑いだ。すっかり気が楽になった。あっけらかんとしたこの人のどこから、生きてあることを深く問う詩が生まれてくるのだろうか。

「わたしの詩を読んでくれて、ありがとう。全部読みたい言うてくれた人は、はじめてや」

礼を言われて、面はゆい。

「納さんの詩、好きなんです。どうしたらあんな詩が書けるんですか」

「書くのが好きやからね。ずっと書いとる。でもなかなか書けんときがある。そうかと思ったら日にいくつも書けるときがある。詩の神さまは気まぐれや」

遠くを見つめて少し考え込んでいたが、すぐに「じゃ行きましょうか」と言って歩き出した。一本道を並んで歩いていく。先に下りた人々は後ろ姿を見せて散っていった。道の両脇にコンクリートの門柱があり、国立療養所大島青松園の文字が読める。

背の高い建物は見当たらない。島全体が療養所だから敷地が広いのだろう。数本の黒松が幹のような太い枝を張りだしてあたりを占領している。遠くに見える低い山にも松が多い。それで青松園と名付けたのだろうか。

来るとき船が揺れたことを話す。彼女はうなずいて「まだ、今頃はいいけど、冬は荒れるからねえ。船が出ない時があるよ」と沈んだ声になった。船が出なければ、どれほど心細いことだろう。すっかり閉じ込められてしまうのだ。

「家はこっちよ。夫婦棟に住んでるからね。河原さんに紹介するわ。河原さんは歌を詠むのよ。河原さんに教えてもらって、初めは歌をやってたんやけどね。途中から全然書けんようになって、わたしには向いてないと思って詩にしたんよ」

コンクリート造りの事務棟を通り過ぎると、古い木造の平屋が何棟も続く。どれもみな同じに見える。自転車に乗った男性が向こうからやってきて「こんにちは」と声をかけた。彼女が答え、わたしも挨拶を返す。麦わら帽子に作業服、長靴を履いていた。

一軒のちいさな平屋の前で立ち止まった。ここが夫婦棟なのか。河原正志、納道子、表札が二つ並んでいる。療養所では夫婦別姓で、どちらも本名ではない。

彼女の後について土間で靴を脱いで上がった。部屋は二間。家具のない畳の部屋を横切りその奥に案内された。食器棚を背にして、小さな食卓台の前にあぐらをかいているのが河原だ。わたしが向かいに座ると、膝が触れそうに狭い。すぐ横に流し台とコンロがあるから、ここは台所だ。

「河原さん、谷川さんよ」

紹介されて「初めまして。谷川です」と挨拶をする。黒い眼鏡とのど元に巻いた白い包帯が目の前にある。頭にはおしゃれな黒いベレー帽が乗っている。やせて小柄な人だ。七十歳ぐらいだろうか。河原は包帯に握りこぶしをあてて、「いやあ、遠い所をよくいらっしゃいました」と言った。絞り出すようなかすれ声だ。

これは喉切りだ。ハンセン病の症状が重くなると、息ができなくなり気管を切開してカニューレを入れる。本で読んだ知識はあったが、実際に目にするのは初めてだ。ひとことしゃべるたびに息がひゅうひゅう漏れている。体力を消耗するに違いない。

黒メガネをかけているのは視力を失っているのだろう。盲人には顔が見えないから、かえって本性がわかるのではないか。平気そうな顔で笑っていても、わたしが内心ではどぎまぎしていることも、きっと見透かされているだろう。

河原と納を交互に見ながら、最初の手紙に書いた中之島図書館の出会いから話した。彼女は笑みを浮かべて聞いている。

「河原さん、谷川さんはね、私の詩を全部読んでくれよるんよ」

ちょっと自慢げに彼女が言う。

「それはありがたいことや。誰もなかなか読んでくれんよ」

「読みたくなって、納さんに無理を言って詩集を手配してもらったんです。いま感想をまとめているところです。納さんはいつから詩を書いたんですか」

「歌がダメやと思ってからよ。詩を書いて、NHKラジオの療養文芸に投稿したら、村野四郎先生がいつも取り上げてくれて、佳作とか入選とかになってね。それでとってもいい批評をくれるのよ」

村野四郎先生と言うとき、彼女は尊敬の念のこもった遠い目をした。

「村野四郎の、鹿の詩が教科書に載っていて……」

喉に固まりがこみあげて後が続かない。教師になりたての頃、わたしは高校一年生に「鹿」を教えたことがあった。指導書どおりの説明をしていたら、「じっとしとらんと、逃げたらええのに、あほやなあ、その鹿」と声がして、教室中がどっと湧いた。発言したのはやんちゃな男子で、一番後ろの席で目を細くして笑っていた。

「第一詩集はね、ほとんど村野先生が取り上げてくれた詩ばっかりで作ったんよ」

「村野先生は才能があると見ぬいたんでしょう。納さんには、書くことが生きることみたいですね」

「そうやね。ほかにすることないし」照れたように笑う。

「詩ができたら一番最初に河原さんに見せるのよ。でも全然ほめてくれん」

河原を見ると、こぶしを包帯にあてて何か言おうとしたがそのまま黙った。そのとき気がついた。指が一本もない。一瞬ぎょっとなった。先がつるりと丸くなっている。

「谷川さんは芦屋の高校の先生なんよ、河原さん」

「いや、今は違いますけど。先生ができないんです」

手紙にも書いた事情を話した。「生徒一人一人を大切に」をモットーに人権教育に力を注いできたが、市の教育方針が突如受験教育中心へと変わり、それに反対したこと。いきなりの配置転換で学校の教員でなくなったこと。堰を切ったように言葉があふれ出た。二人はうなずいて聞いている。これを聞いてほしくて来たのかもしれない。

しゃべりすぎだと気づいて口をつぐむと、河原が手を包帯に持っていった。

「芦屋ですか。私は東灘の魚崎に住んでたことがある」

「そうでしたか。魚崎は芦屋のすぐ隣ですね」

「魚崎の薬局に勤めててね。川のすぐそばにあった。十九歳のときやった」

「住吉川ですね。時々あの辺に行きました。生徒の家庭訪問に」

「河原さんはなんでもよく知ってるんよ。大人になってから入って、それまで外で暮らしてたからね。わたしは子どもの頃にここへ来たから、なんにも知らんけどね。谷川さん、早く学校に戻れるといいね」と彼女が言った。

「そうや、先生をそんなところにやるなんて間違ってるよ」河原の振り絞るような声に、わたしは「はい本当に」と答えてうつむいた。涙がにじむ。

「ねえ河原さん。新しい方の歌集を、谷川さんに読んでもろたらどうやろうね」

いいことを思いついたという風に彼女が振り返った。「ああそうやなあ。私の二番目の歌集でね、もしよかったら読んでみてください」と言ってから、河原は「もしよければ」を何度も口にした。

「歌はよう作らないけど、読むのは好きですから、いただきます」と答えた。彼女が立ち上がって、隣の部屋からもってきた歌集は、落ち着いた緑色の表紙に金色の題字が刷り込まれている。

玄関に声がした。白い上下の作業衣に白い帽子とマスクの職員が二人、畳の部屋に入ってきて「ここへ置きますね」と言って大きな平たいトレーを持ち込んだ。

「ああ、すみません。ありがとう。そこへ置いてください。はい、ありがとう。どうもすみません」

職員が立ち去るまで、彼女は「ありがとう」と「すみません」を何度口にしたことだろう。トレーには、吸い物椀と赤と黄色をちりばめた寿司の折が入っている。時計を見ると三時半だ。もう夕食が配られたのだ。こんな時間に食べてしまうと、さぞかし夜が長いことだろう。だからいつも七時頃に電話がかかるのだ。

「夕食でしょう。食べなくていいの」

「まだ、食べんのよ。今日はまつり寿司なんよ。後で食べる」

ママカリが乗っておいしそうだ。いろどりも鮮やかなのでホッとする。

「ちょっと園の中を案内してくるね。河原さん、待っとってね」

部屋を出て、玄関で靴を履いていると、背後で河原のかすれ声がする。船の時間に遅れないようにと言ったようだ。彼女が「すぐ戻ってくるわ、大丈夫や」と答える。

道に出ると配膳車が停まっている。山の方に行ってみようと言うので、後について歩いて行った。彼女は腰を後ろに引いて手を前に出してゆっくりと足を運ぶ。マヒが残ったのだろう。道のそばの畑で鍬をふるう男性に「こんにちは」と彼女は声をかける。わたしもならう。男性が顔をあげ挨拶を返す。

並んで坂道を登りながら、背後でオルゴールのような音が鳴っているのに気がついた。

「納さん、あの音はなに」

「ああ、盲導鈴よ。目の見えん人が歩くときに頼りにするんよ」知らないことばかりだ。失明した人がこの音を聞きながら杖一本で道を歩く。曲は「ローレライ」。

彼女が足を止めた。

「谷川さんに聞いてほしいことがあるんよ」

わたしは立ち止まって顔を見た。

「詩ができたら一番初めに河原さんに見せるんよ。そしたらね、そんなの詩じゃないよって言われるんよ。涙が出てね。なんでそんなこと言うんやろうって」

今にも泣きだしそうな顔だ。

「厳しいんやねえ、河原さん。そう言われて納さんはどうするの」

「なんであんなこと言うんやろうって、悔しくて、それでずっと考えるんよ。時間がたって読み直してみたら、ここがいらんのやとか、この言葉よりこっちがいいと気がついて、書き直してまた見せるんよ」

「それで」

「まぁだこんなことを書いとるのか。お前、何年詩を書いとるのか。こんなの詩じゃないよって言われて。また考えて直すんよ。そしたらね、やっと、まあまあやなって言うてくれる」

「まあまあだけ？　他には言わないの」

「それだけ」

「まあまあが、河原さんのほめ言葉なんやね」

彼女は吐き出してすっきりした顔になった。それにしてもなぜ、詩じゃないなんて切り捨てるような言い方をするのだろう。

「こっちは宗教地区よ。上には教会があって、霊交会とカトリック、わたしは霊交会だけどね。横山先生が日曜礼拝に来る日は行くけど、ほかはあまり行かんのよ。お祈りの言葉がすらすら出んし」

傾いた松の向こうの、暗さを増した空をながめていた彼女が、また歩き出した。

「それからね、仏教のお寺に、天理教の教会もあるよ」

病気が治っても入所者はここでしか生きられず、ここでしか死ねないことが法律で定められているから、死んだときのために宗教が必要なのだ。「らい予防法」廃止に向け運動が進んでいるが、入所者が元気な間に実現しなくてはならない。

「この奥は、お地蔵さんが並んでるわ。ここにいて八十八カ所の遍路ができるようにね」

山道から横に入る道を指さす。

「そっちはわたし行きたくないんよ……なんか……怖くてね」と言ってそっぽを向いている彼女を残して遍路の道に入る。濃い緑の植え込みの陰に石に刻んだ仏が並んでいる。どれほどの人がここで祈ったことだろう。人影のない秋の山。松の間から海が見える。彼女の詩に、島から遠くの明かりを眺めてふるさとを想うというのがあった。むごいことだ。

彼女の待つところまで戻り、ふと浮かんだ疑問を口にした。

「もし納さんが療養所に入ってなかったら、やっぱり詩を書いていたのかなあ」

「どうやろうね。読んだり書いたりするのは、子どもの頃から好きやったけどね」

「文学少女だったの」

「手当たり次第に読んでたし作文も好きやった。そんなんで父親が町からよう本を買うて来てくれよった。田舎やからね。近所に本屋なんてないんよ」

「お父さんは納さんのこと、よく分かってたんやね」

「優しい父親やったよ……。そうやね、今みたいに、朝から晩まで詩を書いて暮らしてなかったかもしれん。時間がないやろうし、まあ趣味で書いてたかなあ」

「時間がない」の一言をかみしめた。病気にならない彼女の人生。子どもを持つ母親であったかもしれない人生。

冷たいものが頭に当たる。朝から怪しい天気だったが、とうとうしぐれてきた。

「降ってきたね。戻ろうか」彼女の言葉にうなずいた。山を下りる前にもう一度海を見ておきたい。崖から見下ろすと鉛色の海が広がる。松の木をもれてしずくが降りかかる。

「さびしいなあ」ひとり言がもれた。

「そうやねえ」彼女が答える。

「この世のはずれに立っている青い鬼のような私」(注3)という彼女の詩の一節を想った。まさにこの世のはずれだ。

二人とも黙って山を下りた。途中で雨は止んで、濃い灰色の雲が流れていく。

家に戻って玄関を入ると、中から河原の大きな声がする。怒っているようだが、聞きとれない。なにかあったのだろうか。部屋に入った彼女が「そうやった。忘れてた。船が出てしまったよ、谷川さん」と言った。どうしよう。時間のことはすっかり頭から消えていた。四時十五分の最終便は三十分も前に出ている。

あわてて部屋に上がり河原の前に行った。「すっかり話に夢中になって、時間を忘れていました。気をもませてしまってすみません」と謝ると、河原が喉を押さえた。

「五時二十五分の庵治便に乗りなさい。職員が乗る船や。庵治はちょっと遠いけど、高松に出るバスもある。でもあまり便数がないからね、もしなかったらタクシーを拾ってね。タクシーは結構走ってるから、バス道に出たらつかまえられるはずやから」

一息ごとに肩を大きく上下させて、繰り返し説明する。庵治から高松までどれほど離れているかわからないが、船の便があるとわかってほっとする。高松に出られさえすれば、少々遅くなっても平気だ。すっかり長居をしてしまった。夕食は冷めてしまっただろう。何度も礼を言って部屋を辞した。

彼女に送られて船着き場に向かうと、すでに職員が集まっている。当直以外はこの船で島を離れていくのだ。船しか交通手段がないから、夕食の時間を遅らせることも難しいのだろうが、三時半の夕食は早すぎる。

来たときよりも大型の船が入ってきた。横腹に「せいしょう」の文字が見える。彼女の手を両手で包み込んで礼を言う。皮膚が薄く、つるつるして冷たい。

「また、来てね」

「また来ます。元気でいてください」

船は岸を離れ、むきを変えるとスピードを上げた。甲板に立って手を振る。だんだん岸が遠ざかる。彼女がまだ手を振っている。

きっとまた来る。でも、彼女を置いて去って行く。

雲間から陽が顔をのぞかせる。海に白い水脈を残して船は速度を速める。

注1・3　塔和子の詩「どこからも」から引用　『不明の花』所収
注2　塔和子の詩「貪婪な鬼」から引用　『いちま人形』所収

幹に刻む

目が覚めると雨が降っていた。

典子は二段ベッドの上段から、腕を伸ばしてカーテンを引き開けた。雨が斜めにガラス窓に当たり、しぶきをあげて落ちていく。コンクリートの小さな箱のような大学女子寮の二階。窓からは、山際まで続く植木畑が見渡せる。雨にうたれて緑が濃い。なんの音もしない。ガラスのカプセルに入っているようだ。長い間ながめていたが、起きることにしてふとんを片寄せ、ハシゴを伝って下に降りた。

昭和三十九年五月、鹿児島から大阪の大学に入学して一カ月がたった。

一人になった母はどうしているだろう。前かがみになってミシンを踏む後ろ姿が目に浮かぶ。町の洋装店の下請けと近所の人の服の仕立てをして、典子を育ててくれた。そんな母を見てきたから、大阪の四年制大学へ行きたいと切り出したのは、育英会の特別奨学金の予約が決まってからだった。

母は不意を突かれたような顔でしばらく典子を見つめていたが、少しして口を開いた。

「思うとおりにしたらいいよ。行きなさい、これからは女も大学に行けばいい」

そして合格が決まらないうちから、婦人雑誌を見て型紙を断ち、スカートやズボン、ブラウスを仕立ててくれた。そんなにいらない、と断ったが、母は手を休めなかった。

「都会じゃ、みんなおしゃれをしているからね。これぐらいは持って行かなきゃ」

鹿児島では裕福な家でも、めったに女の子を四年制大学にやらない。今頃はさぞかし陰口をたたかれていることだろう。

大学祭の行事で、連休をはさむ一週間は授業がない。典子のいる女子寮では多くの学生が、連休前に帰省していった。典子は母に、働きすぎないように、わたしは元気でやっていいます、とハガキを出した。

食堂が休みなので、昨日大学生協で買っておいた菓子パン二個をカバンからとり出して、机の上に置いた。ジャムパンは袋の底にへばりついている。電気ポットで湯を沸かし、ティーバッグを入れたカップに注ぐと、赤茶色が拡がっていく。カップを傾けてすすり、パンをかじる。食べ終わるまでに、決めてしまうはずだったのに、まだ決まらない。窓の外に目をやると、さっきよりも雨が小降りになっていた。

やっぱり、父を訪ねてみよう。雨も収まってきたことだし。

母が持たせたグレーのチェック柄のスカートと赤い半袖セーターに着替え、モザイクのブローチを胸元に留めた。

連休初日の電車の中は混み合っていた。典子はドアのところに立って外をながめた。

母に連れられて家を出たのは、小学校四年の秋だった。兄が亡くなって半年がたっていた。子どもだったからいやも応もなかった。根こそぎにされて運ばれ、別の土地に植えられた木みたいだった。鹿児島の母の実家に身を寄せたが、はじめは言葉も通じなかった。

父はどんな人なのか、自分の目で確かめたい。母が言うように自分勝手な人なのか。八年たっていても、元の場所に立てば、典子の中のちぎれた時間がつながるかもしれない。

今日、いきなり訪ねていったら父はどんな顔をするだろう。わたしを見ても分からないかもしれない。再婚している可能性だってある。期待しすぎると後でつらいことになりかねない。父は八年間一度も連絡をしてこなかった。たった一人の子どもなのに。典子は大きなため息をついた。

「御影、御影」と駅名を告げるアナウンスが耳にとまった。乗り込もうとする人をかき分けて電車から降りた。乗客の後について改札口を抜け、あたりを見回した。駅前の店はほとんどが雨戸を下ろして休んでいる。少し小降りになっていた雨がまた強くなって、傘を流れ落ちる。

ガードをくぐり、交差点の手前で足を止めて六甲の山並みを見上げた。雨にけむって、頂きは灰色の雲に隠れている。交差点を渡り、坂道を登っていく。道沿いの家はどれも木におおわれている。

坂が終わって、ゆるいカーブが三叉路になる手前にある家。生垣の赤い芽が枝を伸ばして、道路に突き出ている。伸び上がって枝先をつかみ下に引っ張った。手を離すと枝はピンと跳ね返って、しずくをあたりにまき散らした。兄がそうやって、典子にしずくをかけたことがあった。庭木が伸び放題だ。門の瓦屋根にも草が生えている。ここだ。表札の墨文字が薄れて、かろうじて「竹田」と読める。

父はここに住んでいる。くぐり戸の桟に手をかけた。鍵はかかっていない。傘をすぼめて中に入り戸を閉めた。石畳の先に玄関が見える。

家は変わったようには見えない。以前から古びた家だった。傘を広げて石畳に立ち、庭に目をやった。ツツジが満開だ。紅色の花が緑の葉をおおいつくして、雨の中に発光している。飛び石の先の植え込みは、葉を茂らせて盛り上がっている。その奥に、庭石がのぞく。生垣のそばに立つ松の木。いつも兄と遊んでいた庭が目の前にある。典子はその場にたたずんで雨の庭を眺めていたが、深く息を吸い込むと玄関に向かった。

傘を立てかけ、ガラス戸に手をかけると、するすると開いた。靴脱ぎの上に男物の黒靴が一足、同じく男物の下駄が隅に立てかけてある。女の履き物は見あたらない。

中に入って三和土に立つと、ひんやりとした空気が張り付いてくる。しんと静まりかえって、聞こえるのは雨の音だけだ。

「すみません。典子ですが……」

やっと声が出たけれど、つぶやきにしかならなかった。耳を澄ますが、なにも聞こえない。玄関の板の間には本がうずたかく積み上げてある。

深呼吸をしてから、声を張り上げた。「すみません」「ごめんください」

遠くで返事があった。男の声だ。近づいてくる足音がする。暗い中廊下をやってくる人影。板の間に現れたその人は、膝の抜けたズボンで手を拭きながら、日に当たったことがないような青白い顔を向け、ぎょろりとした目で眼鏡越しにこちらを見下ろした。グレーの上っ張りを着て、乱れた髪が額に掛かっている。不機嫌な声で、どういう用かと尋ねる。

この青ざめてやせた人が父なのか。その人はわたしが分からない。喉が詰まってうまく声が出せない。

「あのぅ、あの、わたし、鹿児島の典子ですが……」

聞こえたはずなのに、しばらくけげんそうな顔で見ていたが、急に目も口も大きく開き、笑った。

「ああ、お前、典子か！　いやぁ、大きなったなぁ。ほんまに。いやいや、典子か。さぁ、上がれ、そんなとこに突っ立っとらんと、はよ上がれ」

矢継ぎ早にいうと、玄関脇の洋間に典子を招き入れた。

後について、見覚えのある籐椅子に向かい合って腰を下ろした。父は少し下がり気味の大きな目でこちらを見つめている。目の下がたるんで袋ができている。

記憶の父とは違う。鼻から口元にかけて刻まれた深いしわ。髪には白髪が混じっている。年をとったというだけでなく、ひどく疲れてみえる。昔と変わらない低い声だけが父だ。

典子は部屋を見回し、再び視線を父に戻した。父は膝に手を置き、顔を少し仰向けてこちらを見ている。苦いような、刺激のある匂いがする。

「元気やったか。お前は今年……十八歳か。早いなぁ」

父が歳を覚えていたことに、こわばった体がほどけて、くたくたと崩れそうになった。

「四月に、大阪の大学に入学したんよ」

「そらぁ、よかった」

「英文科でね、大学の女子寮にはいってて……それで一回家に来てみようと思ったんよ」

父が表情をゆるめて、口元に笑みを浮かべた。典子は椅子に深くかけ直した。誰もお茶など運んでくる気配はない。

「そうかそうか。よう来たな。今日はゆっくりできるんやろう、泊まったらええ」

「うん、そうする」

「鹿児島のお祖父さん、お祖母さんは元気か」

「それがね、二人とも五年前に亡くなったんよ」

父はゆっくりとうなずいた。言葉がとぎれた。父は母のことを尋ねない。

「お父さんは前と一緒の学校に勤めてるの」

「いや、ちょっと前に替わってな、今は本山中学や」

続きの言葉を待ったが、父は黙って両手で膝を何度もこすっている。肉厚の手、太い指、短い爪。上っ張りの袖口とポケットの周りは汚れて黒ずんでいる。父が急に腰を浮かせた。

「なぁ、典子、ゆっくりしゃべってたいけどなぁ……実はなぁ、明日が作品の搬出やねん。

ところがまだ完成してないんや。もうちょっと手を入れたいところが出てきたんや。わしはあっちで仕事するから、用があったら呼んでくれ」

それだけ言うと、そそくさと席を立って姿を消した。廊下に足音が響く。取り残された典子は、座ったまま椅子から動けない。

涙が湧いてきた。椅子の背もたれに上体を預けて深く座り、上を見て大きく目を開いた。天井板の継ぎ目がぼやけていく。たまった涙を指でぬぐった。指が少しぬれている。

自分の手を目の前にかざして、じっと見た。指が太くて、節が高い。手のひらの肉付きがよい。母の手は細くて長い指をしている。典子の手は父に似ていると、よく母が言った。

椅子から立ち上がり、洋間を見て回った。壁にかかった油絵はよく覚えている。近づいて、じっと見上げた。くすんだ金色の額に入った外国の風景画だ。ぬかるんだ茶色の一本道が遠くまで続き、手前に一軒の家がある。空は暗く今にも一雨来そうで、人影もない。

小学校に入った頃、椅子に掛けた父の膝にすっぽりとおさまって本を読んでもらっていた。それから学校での出来事をしゃべって、ふと、目の前の絵を指さして、さみしいねぇ、人がいたらいいのにと、感じたままを口にした。すると父は笑い声をあげ、さみしいところがいいのだと独り言のようにつぶやいた。そのときの父の匂い。今日も同じ匂いがした。

あの頃も、父は美術教師として中学校に勤めながら、創作活動も続けていたので、展覧会に出品する前になると、離れの画室にこもって出てこなかった。

「絵のこととなったら、女房も子どもも、目に入らなくなるんやから、お父さんは」ため息混じりの母の声。何度も聞く言葉の中に、典子は誇らしさをかぎつけた。あんなことを言いながら、お母さんはお父さんが絵を描くのがうれしいのだ。

兄が中学二年生の夏前に、急に熱を出して学校を休んだ。典子が学校から帰ると、いつもは二階で寝る兄が、一階の八畳間に布団を敷いて寝かされていた。障子を開けてのぞくと、眉を寄せてかたく目をつぶっている。顔が赤黒い。「兄ちゃん」と呼んだが、返事がなかった。息を吐くたびにうめくような声がする。

前の晩、兄は茶の間で夕食をすますと、すぐに将棋盤を持ち出して畳に置き、菓子の空き箱から駒を出して並べはじめた。典子が知らん顔をしていると、笑顔を向け「なあ、典ちゃん、ちょっとだけやろう」と誘ってきた。

「負けてばっかりやから、いやや」典子が断ると、兄は、絶対に一回は勝たせるからと言うので、将棋盤の前に座った。三回対戦して、二回は兄が圧勝し、最後の一回に約束どおりに勝たせてくれた。そのとき、兄はいつもとまったく変わりがなかった。

体温計の水銀が一番上までいったと、母がうろたえて隣の家の電話を借りに走った。

自転車に乗って往診に来た医者は、部屋に入ったきり長い間出てこなかった。それから障子が開いて、中から黒い革カバンを提げて姿を現すと、黙って帰っていった。母はずっと部屋にこもっていた。

次の日典子が学校に行っている間に、兄は大学病院に入院していた。母は病院に泊まり込んだ。父も学校からそのまま病院に行き、典子が寝てから帰宅した。典子は一人で起きて登校し、帰ると人気のない家の中で、近所のおばさんが運んでくれた食事をとった。食べ終わると、食器を流しに運び、薄暗い階段を上がって兄の部屋に入っていった。

電灯をつけると、壁に掛かった制服の黒いズボンが目にはいった。回転椅子に座って、机に向かった。ノートと教科書が積んである。ノートの表紙には、２Ａ竹田宏之とある。典子はその角張った小さい字をながめた。

どんな具合なんだろう。病気は重いのだろうか。

大学病院に入ってから、一週間がたった。典子が学校から帰ると、正月でもないのに、門の開き戸があいている。玄関に男物の見慣れない靴が脱いである。茶の間に男の人が二人、父母と向かい合って座っていた。

兄は八畳に布団を敷いて寝かされていた。わら半紙みたいな顔色で、目をつぶり、薄く口を開いて横たわっている。あんなに荒い息をして、胸が大きく上下していたのに、今はまったく動かない。

それから葬式があった。典子は頭も胸も砂が詰まった感じで、体が重かった。黒い喪服の人々に囲まれて座った。線香の煙が流れてくる。そのあたりから記憶はあいまいになる。実際に見たことなのか、後から聞いて見たような気になっているのか、はっきりしない。すべてが灰色の霧におおわれたようにぼんやりしている。

母が「宏之！　宏之！」と絞り出すような声で叫んだのは覚えている。白い菊を手渡されて棺の中に入れた。そのとき、兄の顔を見ないようにした。涙は出なかった。

「典子ちゃんは泣かないねえ」「なんでかしら。変ねぇ。あんなに兄妹仲がよくて、いっつも一緒に遊んでたのに」

近所の人の声が、頭の周りで回っていた。父は、兄の写真を両手に抱えて立っていた。

葬式が終わって人々が去り、家の中は静まりかえった。

翌朝典子が登校するとき、母はまだ起きていなかった。学校から帰ると、茶の間にぼんやり座っている。ただいまと声をかけてカバンを置くと、すぐに遊びに行った。夕方帰ると母はまだ茶の間に座っている。典子を見上げ、窓の外に目をやると「ああ、もうこんな時間」とつぶやいた。それから痛いところがあるようにそろりと身を起こして台所に入り、ご飯を炊き終えると、再び茶の間に座りこんだ。典子はご飯に生卵をかけて食べた。

まもなく父が帰ってきて食卓についた。

「飯にしてくれ」母は顔も上げない。

「飯にしてくれや。腹がへった」

「あんたは、宏之が死んでもなんともないんですか。わたしなんか、なんにも喉を通らへんのに」

母はかすれ声で恨めしそうに言う。父は返事をしない。

「宏之は結核性の脳脊髄膜炎で死んだんですよ。結核性やなんて、あんたの姉さんの結核が感染したんやないの」

「いきなりなにを言い出すねん。姉さんが死んだんは、ずっと昔のことやないか」

「昔やろうと、義姉さんからうつされたんに決まってるわ。結核の人を家に出入りさせたりするから、こんなことになったんや。いやや、いややぁ」

母の言葉が終わらないうちに父は立ち上がり、手荒く襖を閉めて出ていった。典子はうつむいたまま、離れに向かう父の足音を聞いていた。

それから母は父の顔を見るたびに責め立てた。父はしだいに離れにこもって出てこなくなった。母は離れの戸をガタガタ揺らして中に入っていった。

「こんなときによく絵なんか描けるねぇ、あんたって人は。そんなんやから、宏之が死んだんやないのぉ！　あんたのせいやぁ！」

母は喉を締め付けられたような声を上げ、それからガラスが壊れる音がした。父の声は聞こえなかった。


泊まっていけと父は言ったが、食事はどうするのだろう。典子は洋間を出て台所に行った。中は薄暗く、蛍光灯のひもを引っ張って明かりをつけたが、よけい暗く感じられる。こんなに狭くて暗かったろうか。ガスコンロの上に汚れたアルミのヤカンが載っている。白い冷蔵庫だけが新しい。ドアを開けると、中はがらんとしている。ビンの底にへばりついた海苔の佃煮と牛乳が二本、食パン半分、キャベツが一個、色の悪い牛肉と豆腐が一丁。卵だけはたくさんある。

ここは食べ物の匂いがしない。女の人はいないと確信した典子は、戸棚や物入れを片っ端から開けてみた。流しの下から玉ねぎとジャガイモを見つけたので、牛肉と一緒に煮ることにして、ゆっくりと台所を見回した。

子どもの頃、冬の夕方家に帰ると、母が割烹着の後ろ姿を見せて、よくほうれん草をゆでていた。その残り湯を洗面器に空けて、手を洗うように言う。黄色く濁った湯から青臭い湯気が立つ。手をつけると、こごえた指先に血が通ってむずがゆくなった。なぜここに母はいないのだろう。

階下は洋間と父の部屋だから、泊まるなら二階で寝ることになる。台所を出て階段を上り二階へ行った。二階の一部屋は兄が寝室に使っていた。亡くなってから中に入ったことがあったろうか。

襖を開けてそっと中にすべり込んだ。雨戸が閉まっている。手探りでガラス戸を開け、雨戸を引き開けた。滑りの悪い戸車をきしらせてレールの上を動かし、戸袋に納めた。雨が小降りになって少し空が明るくなっている。庭は新緑の海だ。真紅のツツジが目を射る。

おそるおそる押し入れを開けると、布団が積んである。一組を引っ張り出して拡げると、湿った匂いがした。壁際に丸い取っ手がついた古い桐タンスがある。置かれたままのタンスを横目に見て、階下におりた。

早めに夕食をこしらえて、離れで父を呼んだ。

「おお、すまんなぁ、典子。飯こしらえてくれたんか、助かるわ」

父が戸を開け、顔をのぞかせた。口元は少し笑っているが、目はここではないどこかを見ている。部屋からはタバコとテレピン油の刺激臭がただよってくる。父の匂いだ。

まだ手が離せない、食べに行く時間がない、ここまで持ってきてくれと言うので、典子は食事を盆に載せて運び、声をかけた。するとまた顔を出して「おおきに、おおきに」と言うと、表彰状でも受け取るように両手で捧げ持ち、そのまま後ずさりして部屋に戻っていった。目の前で戸が閉まった。

父は一晩中描くつもりなのだ。典子は一人で食事をすまし、食器を洗うと水切りカゴに伏せた。テレビを見ようとしたが、見当たらない。茶の間の棚の上に古いラジオが乗っている。母は、秋に開催される東京オリンピックが見たいと言って、月賦で買っていた。

二階に上がって布団を敷くと、いよいよタンスに取りかかった。一番下の引き出しの取っ手を思い切り引っ張ると、きしみながら開いた。黒っぽい衣類が詰まっている。ズボン、シャツ、セーター。ぜんぶ兄のものだ。取り出して畳に拡げた。

いつも着ていた白いセーターが出てきた。胸に黒い横縞模様がある。袖口が少しすり切れている。これを母が編んだときのことはよく覚えている。典子が両腕に白い毛糸の輪を掛けて拡げると、母が巻きとって玉にする。夕食の後片付けを終えた母が、こたつに入って編み棒を動かす。遠くへ転がった毛糸の玉を時々引き寄せる。編み棒の下にはセーターが毎日少しずつ形になっていった。

黒い学生服とズボン、白いカッターシャツもある。

畳に黒いズボンの二本足を拡げて置き、続いて学生服を配置すると、黒い全身ができあがる。服は変わることなく、あるというのに、着ていた人がいない。

あれから八年間、服はずっとここに眠っていた。母は片付けなかった。そして父も。典子はタンスの前に座って、散らばった兄の服を見つめていた。

もう一段上の引き出しを開けると、そこにも兄の物が入っている。手当たり次第に取り出した。白地に緑の大きなチェック柄のパジャマが、売り物のようにボタンをはめてきちんとたたまれている。これと同じ生地で、典子にも縫ってくれたパジャマがあったのを思い出した。ずっと着ていたが、ちいさくなってだいぶまえに捨ててしまった。これは母が縫って、兄が一度も手を通さなかった長袖の夏パジャマ。新しいままタンスのなかで、兄が着るのを待っていた。決して着られることはないのに。典子はパジャマを胸に抱いて布団に伏せた。

長いことそうやってうつ伏せになっていたが、ようやく布団の上に起き直った。

今夜はこのパジャマを着て寝る。

散らかった服をたたんで、全部タンスに戻した。パジャマを着てみると、少し大きい。身長が伸びるのを見越して、きっと大きめにこしらえたのだろう。とても眠れそうにないけれど、布団に入って目をつぶってじっと横になっていた。

わたしは、母が縫った兄のパジャマを着て、兄の部屋で寝ている。

パジャマのサッカー地が、肌に心地よい。典子は体にそってのばした両手を腹の上に乗せて、しばらくそのままにしておいた。手のぬくもりが腹に伝わってくる。今度は乳房の上に置く。かたくなった乳首が手のひらに当たる。両脇に拡がった乳房はこわばって熱っぽく、少し痛い。もうすぐ生理になるのだろう。そのままじっとしていた。

乳房がふくらみはじめたときのことを思い出した。

小学校四年頃だった。なんだか胸のあたりが変にこわばる。触ってみるとコリコリしたものが手に当たる。いつのまに、できたんだろう。両方の乳首を取り巻いて、丸い形をしている。そのしこりが日に日に大きく固くなってくる。

二階のこの部屋で、肘掛け窓を開け放って、手すりに兄と並んで座っていた。ちょうど今頃の季節だった。

「ねぇ、兄ちゃん。わたしねぇ、ここに固いもんができてきて、だんだん大きなるねん。ちょっと触ってみ」

典子は兄の手を取って、ブラウスの裾から自分の胸に持っていった。

兄の湿った生温かい手が胸を這って、しこりに触れると、力を入れてつまんだ。

「痛い！　そんなに、きつくしたら痛いやんか」

「ごめん、ごめん」

兄は窓の外に目をやったまま、片方の乳のしこりをゆっくりと押さえていき、次にもう一方に移った。その間、典子は兄の横顔を見ていた。散髪したばかりで、前髪がきれいに切りそろえられ、首筋のそり跡が青い。

兄は「ふうん、こんな風になるんか」とさも感心したように言うと、手を離した。兄の手は指が長くて細かった。

目が覚めて、枕元の目覚まし時計を見ると七時である。もう少し寝ていたかったが、雨戸から明るい光が漏れている。起きて雨戸を繰ると、ぬれた木の葉が光っている。典子はまぶしさに顔をしかめながら、深く息を吸った。

肘掛け窓に座って、光いっぱいの庭をながめ下ろした。木々は勢いよく枝を伸ばし、松の木などは濃い緑のかたまりを張り出している。

階下に降りると、父の姿はなかった。台所の床に、朝日が斜めに差し込んでいる。食べたあとの食器はない。父は離れから出てこなかったのだ。まだ、描いているのかもしれない。絵の搬出は何時頃になるのだろう。

パンを焼いて食べていると、玄関に人の声がする。出てみると作業服の男が二人立っている。顔を出した典子に「梱包に来ました、先生は」と言う。

父を呼びにいくと、戸が開いて顔をのぞかせた。よじれた髪が額に張り付いている。目を細めてよろめくように出てくると、「ああ、頼むわ」と力のない声で言い、再び中へ入っていった。作業員の後から中へ入った。父のアトリエに入ったのは、ずいぶん昔のことだ。

タバコと絵の具の混じり合った匂いで息苦しい。戸の脇には昨夜の食器が載った盆がある。食べ残しがひからびて皿にこびりついている。床には押しつぶされた絵の具のチューブが散らばり、灰皿にはタバコの吸い殻が山盛りだ。壁に作品が何枚も立てかけられている。

父は作業員に「これとこれを、持っていってくれ」と額に入った二枚を指さした。百号はあるだろう大作だ。作業員は二枚の絵の間に長いピンのような物をはさんで重ね合わせた。年配の方が作業の手を止めずに、ちらりと父を見て言った。

「先生、また徹夜しやはりましたんでっか。そやよってに絵の具が乾いてまへんがな。汚れますよって、困りまんなぁ」

そして手早く紙でくるんでひもをかけ、二人で軽々と運んでいった。

「わし、これからちょっと寝るわ」

絵を見送った父はそう言うと、部屋の隅のベッドに倒れ込んで、布団をかぶった。典子は後ろ手にそっと戸を閉めて外に出た。どうぞ、寝てください。完成してよかったですね、お父さん。

梱包の前に少しだけ見た父の絵のことを考えた。

二枚ともインドの風景のようだった。一枚は暗い黄土色の回廊が遠くまで続き、大勢の人の影が背景に薄く描かれている。手前に一人の男性が立っている。白い布を褐色の体の腰に巻いて、こちらを見ている。どこを見ているのか分からないまっ黒な目。父はインドに行ったのだろうか。暗い色ばかり使っている絵だ。もう一枚も同じ色調だった。

家にいた頃、赤ん坊の典子を描いたスケッチが額に入れて掛けてあった。細い髪の毛がカールして、ほおがふくれた丸い顔の女の子。まん丸の目がこちらを見つめている。その絵を典子は気に入っていたが、いつの間にか見あたらなくなった。多分母が始末したのだ。

父は当分起きてこないだろう。

縁側から、石の上にそろえてある下駄を履いて庭に下りた。来る日も来る日も兄と二人で遊んだ庭だ。飛び石を伝って、ゆっくりと足を運んでいった。こんもりと茂った植え込みのそばを通り過ぎてから、ふと振り向いた。陰に隠れて待ち伏せていた兄が、いきなり背後から小石を投げてくるような気がしたのだ。

丸い鉄の灯籠が置かれている庭石の所にでた。この灯籠に蛍を入れて庭でながめた記憶がよみがえる。灯籠はどういう作りになっているのだろう。横に立つと、思っていたよりも小さくて、膝下までしかない。大きなお盆ほどある傘を持ち上げると、下は格子になっている。ここに紙を張って蛍を入れたのだ。

確か小学校三年だったろうか、兄が夕方から蛍を捕りに行くというので、ついていきたいとせがんだが、置いてきぼりを食わされた。母になだめられてやっと機嫌を直し、門の外で待っていると、暗い中に足音がして兄が帰って来た。

「蛍、採れたん」

典子が呼びかけると、兄は「こんなにいっぱいや」と籠を差し出した。そして母が紙を張っておいた灯籠に、蛍を放った。手が臭くなったと言って、外の水道で洗った。

蛍の入った灯籠は闇の中で白いほのかな光をゆらめかせていた。その光は、じっと見つめる典子の心を吸い込んだ。

しばらくながめてから、典子は兄の後について飛び石伝いに庭をめぐり、また灯籠を見に戻った。そのとき家の方に目をやると、縁側に座る父と母が、一つだけ灯した玄関の明かりに、影絵のように浮かんで見えた。母が手にしたうちわが揺れる。

ここは兄がいた庭。そしてもういない。ここへ来なければ、兄とは神戸と鹿児島に離れて暮らしていると空想することだってできたのに、来てしまった。それに木が茂り過ぎだ。なにもかも間違っていると叫びたい衝動に駆られて、茶の木をかき分けて進んだ。

庭の隅まで行くと、大きなクロガネモチが立っている。冬になるとたくさんのまっ赤な実がついてきれいだった。朝日が幹に当たっている。なんだろう。なにか彫ってある。近づいて角度を変えて見ると、平仮名が読めた。

「た け だ ひ ろ ゆ き」

兄が刻んだ文字。小刀で、一字一字、自分の名前を、象の皮膚のような幹に彫り込んでいた。そんなことちっとも知らなかった。いたずらな兄ちゃん。

指で字の上をなぞると、固くなった傷あとにふれるようだ。手のひらを当ててじっとしていた。木のかすかなぬくもりが伝わってくる。突然体の奥から熱い固まりが噴きあがり、喉を締めつける。全身を幹にもたせかけた。溶け出すように涙が流れて止まらない。あの日からただの一度も泣かなかった。誰もいない庭で、典子は声を放って泣いた。

ようやく体を起こして、その場に立った。自分が空っぽになった気がした。風が吹いて、濡れた頬がひんやりする。足もとに葉が落ちた。つやを失った暗い緑色だ。見あげると濃い緑の葉の中に、若葉が陽に透けて見えた。

赤いはさみ

蝉の声で目が覚めた。クマ蝉があたりをふるわせて鳴いている。子どもの頃は、油蝉とニイニイ蝉ばかりで、クマ蝉はあまりいなかった。琴美はエアコンを切って窓を開けた。熱気が押し寄せる。太陽は高く昇ってかげりもなく照りつけている。今日も三十五度を超すのだろうか。

台所に入ってやかんに水を入れてガスコンロにかけた。コーヒー粉を二杯分ドリッパーに入れ湯が沸くのを待つ。そのあいだに全粒粉で焼いたパンを薄く切ってトーストしておく。やかんの口から盛んに湯気が上がるのを確かめて、コーヒーの上から少し注ぎ、それからゆっくりと回し入れる。ぷつぷつと泡が出て粉は膨れ上がり、そして沈んでいく。すっかり落ち切る前にドリッパーをはずして出来上がりだ。部屋はコーヒーの香りで満たされる。ヨーグルトをスプーンですくってガラス皿によそうと、なめらかな白がゆっくりと広がる。藍色の小皿にオリーブオイルを注ぎ、台所の食卓について新聞を広げた。三十八年間の教員生活が今年三月で終わり、退職を実感するひとときである。

夫の義郎の姿は見あたらないが、庭の方から鍬の音がする。早起きだから先に朝食を済ませて菜園にでているのだ。六年前に府立高校の校長を定年退職し、再就職せずに毎日野菜作りに余念がない。私学の校長の口が掛かったが「校長はもうやりたくない」と言って断った。

パンをちぎって、黄緑色のオイルに浸す。かみしめると口の中で溶け合って堪らない味だ。コーヒーに牛乳をたっぷり入れて大きなカップで飲む。舌に乗せたヨーグルトの酸味を味わいながら、新聞に目を走らせた。

《福島の子ども一一五〇人を対象に検査を行ったところ、四十五パーセントが甲状腺被曝していることがわかった》

地震による原発事故から五カ月がたつ。メルトダウンを知ったときの、腰のあたりにスースーと風が通る感触がよみがえる。子どもたちを避難させることはできないのか。これから先、どれほどの線量を被曝し続けることになるのか。十年後、二十年後、どんな影響が体に現れるだろう。

震災から一カ月ほどたったころ、被災地に「がんばろう！　東北」と書いた横断幕が掲げられているのがテレビに映るようになった。家族と住まいと故郷を失うことは、過去と現在と、そして未来を奪われ破壊されることだ。その人々に向かって、なぜこんな言葉を向けることができるのだろう。

琴美は深いため息をつくと新聞を音たてて二つに折り畳み、椅子から立ち上がった。オレンジ色のTシャツの上に子犬模様をプリントした緑色のエプロンをつける。手早く後片付けを済ませると冷蔵庫を開けた。半分に切ったスイカ、種無しブドウ、重ねたプラスチックの容器、ラップをかけた皿、麦茶のポット、リンゴジュースの缶が詰まって薄暗い。棚の一番手前で、落ちそうになっている冷凍保存用バッグ三つを取り出した。

昨夜隣の市に住む息子の昌也から「明日の日曜日、家にいる?」と電話があった。「いるよ」と答えると「じゃあ、昼前に子どもらを連れて遊びに行くわ。美沙子はマンションの理事会に出るから三人や」と言う。

淳と愛沙の顔を見るのは一カ月ぶりだ。何を食べさせようかと思案して、すぐに冷凍庫をのぞいた。働いていた時からの習慣で、肉も魚も一度に買って冷凍保存している。考えた末に、牛肉とイサキとエビを冷蔵庫に移し替えておいた。

一晩おけば大丈夫だと思っていたのだが、融けているのはエビだけで、肉も魚もビニール袋の中で霜を帯びてまだ凍っている。ボールにバッグを入れて上から水をたらすと、たちまち霜が消えて中身が現れた。二つ切りにしたイサキが三尾。引っ張ると簡単にはずれた。並べておいて指で塩をつまんで上から振りかける。うす茶色の皮の上に白い塩が固まっているのを手で広げる。この暑さではすぐに融けるから、その頃にはちょうど塩もなじんでいるだろう。

焼肉用に切った牛ヘレ肉が二〇〇グラム、マグロの刺身も注文してあるから、大人三人子ども二人には十分な量だが、多めに用意して残りを持たせたい。鯖の片身が冷凍庫にあるのを思い出した。あれを味噌煮にするのがいいだろう。

鯖を取り出してポリ袋の上から水を掛ける。片身だからすぐに融けるはずだ。そのあいだにエビの殻をむいて、ヘレ肉をちぎれないように注意深くはがして並べる。塩コショウを振ってパン粉をつけ、揚げるだけにして冷蔵庫に入れた。

鯖を指で押さえてみると、表面は柔らかくなっているが中はまだ少し固い。これを三つに切るのだが、出刃包丁を使うとまな板も洗わなければならないから面倒だ。手間を省くことにして引き出しから料理用のはさみを取り出した。赤い持ち手は刃の割には大きくて握りやすく、樹脂でできていて弾力がある。母が亡くなって家を片付けた時に、持ち帰ったものだ。

袋から出すと、頭と尾を落とされた鯖が白い発泡スチロールのトレーの上で盛り上がった身を横たえている。銀色に輝き、青い背中の模様が鮮やかだ。えらのあたりからしっぽにかけて一筆で描いたように緑が走っている。

刃を大きく広げてはさむと、手に力を入れる。刃が半ば凍った身に深く食い込む。皮がはちきれそうになって青白い光を放つ。身は切り分けられても、なお皮が抵抗する。手を緩めて刃を広げて、もう一度ゆっくりと力を入れる。するとようやく観念したように身をよじって二つに切れて落ち、刃は何事もなかったかのように元どおりに閉じ合わさった。もう一度繰り返して三つに切り分けると、はさみを流しに置いた。出刃包丁のようなぎらぎらした凄みはないのに切る力はそれ以上だ。

味噌を溶いた鍋に生姜を入れて、煮立ったところで鯖をそっと入れてふたをする。しばらくしてふたを取ると、白く煮えた身が反り返っている。

はさみを開き洗剤を含ませたスポンジで刃をこする。人差し指くらいの長さの刃は事務用はさみよりも厚みがあり、ステンレスが鈍い光を放っている。刃に刻まれた細かい溝に沿って丁寧にスポンジを動かす。脂でねっとりした指先も念入りにこする。洗い終わってはさみを布巾でぬぐう。

琴美はうつむいて胸を見下ろしている。丸い丘のような乳房が両脇に広がり、乳首は正体なく眠ったように平たく張り付いている。浅黒い皮膚の下に青い血管がうっすらと透けて見える。右手で赤いはさみを握り、刃を大きく広げる。左手を左の乳房に添えて下から支える。柔らかくてひんやりとした手触り。開いた刃を乳房にあてがう。じわじわと力を入れて握る。刃が乳房に食い込む。周囲の皮膚が張り切って光る。

突然浮かび上がった映像はそこで途切れた。刃にはさまれてはちきれそうに盛り上がった乳房がしばらくの間目の奥に残り、しだいにぼやけて消えて行った。はさみを引き出しにしまった。

作業着に汗をにじませた義郎が籠を手に入ってきて、テーブルの上に置いた。籠の中でトマトがあたりに光を放っている。水で洗って包丁を入れると、喉がかゆくなるような強いにおいが台所いっぱいに広がる。皿に盛って冷蔵庫で冷やしておく。

油を入れた中華鍋を熱して、ピーマンと茄子とジャガイモを順番に入れていく。

「ええ匂いやなあ」背後から義郎がのぞきこむ。

「そこにいたら油が飛んで危ないよ」

琴美は鍋から目を離さないで、油の中で踊っているピーマンを金網ですくいあげた。義郎は揚げものが好きなのだが、高脂血症なので滅多に作らない。

庭を走る足音がしたので、琴美は首を伸ばして窓の外をのぞいた。野球帽の淳の後に愛沙が続き、少し遅れて昌也がやって来る。ベランダから淳がまっ先に上がってくる。

「いらっしゃい。ちょっと見ない間にまた大きくなったねえ」

「うん、翔くんを抜いたんやで」

淳は幼稚園の年中組でも背の高い方だ。リビングに入るなり、手提げの中からミニカーを取り出して床にぶちまけた。

あとから愛沙が入ってきた。桜の花を散らしたTシャツがよく似合っている。琴美の子どもは二人とも男だったので、女の子が珍しい。「いらっしゃい」と言ってかがんで顔をのぞくと、鼻の頭に汗の粒が光っている。膝に抱きあげ顔から腕まで汗を拭く。首筋に張り付いた薄茶色の長い髪を持ち上げてぬぐってやると、ひなたのにおいに混じって乳の甘い香りがする。柔らかくてすべすべして人形みたいに細い腕。唇を当ててみたい。

「愛ちゃんはかわいいから、食べてしまいたいな」

「ダメ。なくなってしまうでしょ」

「ちょっとかじるだけやから、いいでしょ」

「ダメなの。おとうさぁん、おばあちゃんがね……」

愛沙は身をよじって膝から下りると昌也の方に逃げて行った。

昌也はいつものカーキ色のパンツに黒のTシャツだ。ほかに着るものはないのだろうか。会社はずっと前から業績が振るわないし、年子がいて余裕がないとはいえ、せめて散髪ぐらいすればいいのに。前髪がのびて眼鏡にかぶさってうるさそうだ。三十五歳という年齢よりもずっと老けて見える。

「おばあちゃん、お腹が空いた」

淳は台所に入ってくるなりテーブルの上のトマトに手を伸ばす。

「こらこら、手を洗ってからや」

昌也に制止されると、身をくねらせて渋っていたが、ようやくトマトを手離して洗面所に向かった。

「愛沙が邪魔するから、おれが手洗われへん」

淳の半泣きの声がする。昌也と淳のやり取りを耳にした愛沙が、先を越して手を洗いに行ったのだ。

「愛ちゃんが洗ってるのに、お兄ちゃんが押してくる！」

こちらも負けないで声を張り上げる。よく通るソプラノで演技力もある。琴美は洗面所へ様子を見に行く昌也の後を追った。こんなに背が高かっただろうかと思ったが、すぐに日頃は義郎を見ているからだと気が付いた。

「愛沙が先に洗ってるんやから、淳は怒らんと待ってないかんよ。そんなことでケンカしたら連れてけえへんで」

昌也が二人の前に身をかがめて言い聞かせている。

足音を忍ばせて台所に引き返しながら、ひとりでに笑みがこぼれた。昌也だってこれくらいの年ごろには弟とケンカばかりしていたのに、いまではお父さんぶりがすっかり板についている。

淳と愛沙はこんなふうにいつもくっついて、遊んで、けんかして、二人の濃い時間を過ごす。やがて年を取って振り返ると、その時間はきらきら輝くのだ。思い切り遊んでケンカもするがいい。琴美は兄と過ごした子どもの頃を想った。四歳も年が離れていたけれどいつも一緒だった。

麦わら帽子の少年が目に浮かぶ。小学校三年生くらいの兄だ。ランニングシャツから陽に焼けた腕を出し、虫取り網を手にしている。網と言っても、母がミシンで縫った晒しの袋に針金を通し、竹の先にくくり付けたものだ。

少年は白い無地のワンピースを着た女の子に「虫カゴ持ってて」と命令する。女の子はうなずいて耳まで隠れる麦わら帽子をかぶり、赤い鼻緒の下駄をはいてついていく。少年は網を肩に担ぎ、背丈ほど伸びた草の道を歩いていく。白い網が揺れている。女の子は後を追う。まぶしい空から太陽が照りつけ、草むらから立ち上る熱で体がうだる。

少年は桜の木の下で立ち止まり、上を見上げて目を凝らす。暑さでぼうっとなっていた女の子は木陰の涼しさに息をつく。少年はそっと網を近づけ、枝に押さえつけてひねり、地面に伏せる。網の中で蝉がギーギーと鳴きながら暴れている。

「ほら、ぼくが網を伏せたら、すぐにカゴを出してよ！」

少年の声で我に返って、女の子は手にした竹のカゴを差し出す。やがてカゴが蝉でいっぱいになる。羽が茶色の蝉ばかりで透き通った羽は一匹もない。少年はさらに蝉を求めて歩いていく。振り向きもしないで先を行き角を曲がった。女の子が小走りになるとカゴの蝉が騒がしい。

兄ちゃんはいつもわたしを置いて先にいってしまう。


洗面所の騒動も収まった。

「重たくなったなあ」

義郎がリビングで淳を抱き上げて揺すっている。

「愛ちゃんも！」

愛沙が上を向いて両手を高く揚げ、抱っこを催促する。義郎は淳を下ろすと、愛沙を抱き上げる。腕の中で愛沙は満足の笑みを浮かべている。

「お腹が空いたでしょ。ご飯よ」

一番に淳が走り込んでくる。五人で食卓を囲む。義郎はまず缶ビールを開けてコップに注いで飲み干す。昌也は車の運転があるので飲まない。うつむいて箸で魚の骨を取り除けるのに忙しい。白くて長い指で器用に箸を操って、ほぐした魚の身と、トマト、ピーマンを二人の皿に取り分けて、マグロの刺身を配っている。

「このままやったら大きすぎて食べにくいかな」

ひとり言のように言って、昌也はマグロを三つに切っている。まめなことだ。結婚して家を出ていくまでは、野菜が煮えすぎだとか、魚は嫌いだ肉が食べたいとか、不機嫌な顔で文句ばかり言っていた。

淳は自分の皿のトマトとピーマンをすぐに食べてしまい、大皿に手を伸ばしてトマトを取った。するとまた「愛ちゃんも！」と言って、腰を浮かして手を伸ばすので、昌也が皿に取ってやった。

「淳はほんまに野菜がすきやねん。特におじいちゃんの野菜はいっぱい食べるんやで」

昌也の言葉に義郎は目を細めて相好を崩している。愛沙はトマトには目もくれず、両手でヘレカツを持ってかぶりつき、口の周りを油だらけにしている。

「愛ちゃん、ちょっと待って」

無理やり取り上げて、はさみで切ってやる。二人が食べている間は静かだ。

「ねえ、淳。淳のお父さんはね、小さい頃、弟がひよこの形をしたお菓子を食べようとして『頭から食べようかな、しっぽから食べようかな。かわいそうやなあ』って、悩んでたら、『どっちからでもええから、ガブッとかじれ！』って、どなったんよ」

琴美はさっきのケンカで思い出して、昔の話をする。

「そんなエラそうに言わんでもええやんか」

淳が大人のような口調で言うので、義郎と琴美は声をあげて笑った。淳はまじめな表情を崩さない。

「えらいすんませんな。息子におこられるとは思わんかった」

昌也が苦笑いをしている。

二人は最後に、小さく切った梅干しをご飯にのせて海苔で巻いて食べる。琴美が漬ける酸っぱくてかたい梅干しだ。「ごちそうさま」と言うと、さっそく「おばあちゃん、遊ぼう」と誘ってくる。

「まだみんなご飯を食べてるよ」

昌也に言われて二人はリビングに行き、自分たちで遊び始めた。ミニカーを並べているようだ。

「なあ昌也。会社の業績はどうなんや。どこも震災の影響でよくないそうやけど」

ビールが入った義郎が日頃の心配を口にする。

「火力発電所に入れる石炭を預かることになって、調子がよかったんやけど。姫路の発電所が故障して、直ったと思ったら、今度は堺が故障や」

「石炭で火力発電してるのか。石油とちがうのか」

「石炭やねん。大体は輸入やけど、日本でもまだ北海道で掘ってるらしいわ。石炭の出荷が停まってしまったら、うちはえらい赤字や」

「いつになったら直るんや」

「来年になるかなあ、タービンの故障らしいけど。銀行には黒字を出せ、それでないと融資できへん、言われてるんやけど、どうなるんかなあ」

「倉庫会社は、倉庫の物が動かんとどうにもならんわなあ」

琴美は会話に耳を傾けながら二人の顔を交互に眺めた。あまり似ていない父子だが、色が白いところは受け継いでいる。畑仕事をするようになり、義郎はすっかり日焼けして頬にはシミが浮いている。昌也の白さは相変わらずだ。仕事づくめで、外に出て日にあたることもないのだろう。琴美は小さくため息をついた。

食事が終わると昌也が皿を流しに運び、食卓を片付けて拭く。琴美がずっと中学校の教員として働いていたので、身についた習慣だ。義郎はいつの間にか両手を胸に置き、畳の上で長く伸びている。淳と愛沙がその周りを走っていてもびくりともしないで眠っている。

琴美は食器を洗って水切り籠に入れていく。日頃の倍はある。息子たちが食べ盛りの頃は皿や鍋が流しに積み上がっていたものだ。そんな日がずっと続くと思っていたのに、あっという間に巣立っていった。

ようやく皿洗いがすんだと思ったら、淳と愛沙が「デザート」と言う。さっき食べたばかりなのに、小さい子はすぐにお腹を減らす。

ブドウがいいというので、大きさに差ができないように細心の注意を払ってデラウェアの房をはさみで切り分けて皿に盛って出す。二人は小さな紫の粒を一つずつ口に当て、透き通った緑色の実を押し出して口に入れる。「おいしい？」と聞くと口をそろえて「うん、甘い」と答える。そしてまた一心にブドウを口に運ぶ。子猫が餌を食べているときみたいに夢中だ。二人がブドウに取り掛かって静かになると、義郎が目を覚ましてむっくり起き上がり、皿を拭きにかかった。

デザートが済んだ二人に「絵本を読もうか」と声をかけると、リビングの隣の本棚めがけて先を争って走っていく。息子たちが小さい頃に読んでやった絵本が捨てがたくて置いてある。

淳が選んだのは「しょうぼうじどうしゃ　じぷた」、愛沙は「ぐりとぐら」。両側に淳と愛沙を座らせて、読んでいく。体を寄せる二人の息遣いが伝わってくる。食い入るように絵本を見つめる目。息子たちに読んでいた時と今が絡み合う。気が遠くなるほど遠い昔と現在のあいだを、琴美は行き来する。

車に乗り込んだ昌也たち三人を見送ると、四時半を過ぎていた。

太陽は少し傾いたがまだ勢いは衰えず、煎り付けるように照っている。蚊に刺されないように長袖、長ズボンに大きな日よけ帽子、軍手という出で立ちで庭の水まきに取りかかった。

乾いた地面に油蝉が一匹落ちている。腹を見せて足をちぢめすっかり干からびている。さっき淳が帰りがけにそばを通り「あっ、セミや」と言って身をかがめてのぞきこんでいたが、手に取ってみることもなく車の方に走っていった。すぐに蟻がやってきて運び去っていくことだろう。蝉はホースの水を浴びて飛び上がり、一回転して止まった。

小学生の兄が、来る日も来る日も捕ってカゴに入れていた蝉たち。

兄は蝉とりから帰るとカゴを琴美から受け取り、持ち上げてじっと透かして見る。黒く見えるほど蝉が入っている。それから玄関の靴箱の上に置く。夜になって玄関の横を通ると、暗闇の中で蝉の羽ばたく音、ギーっと鳴く声がする。翌朝になると、二、三匹はカゴにしがみついているが、たいていの蝉は腹を上にして底に転がっている。兄はカゴの口を開けてすぼめた手をさし入れ、蝉を次々に取り出して縁側から庭に捨てる。そしてほとんど空になったカゴを琴美に渡すと、また蝉とりに出発した。いま鳴いている蝉はあれから何代目なのだろう。蝉たちは子孫を残せたのだろうか。

月下美人と朝顔の鉢にたっぷり水を注いでから家に入った。時計を見ると夕食の支度をする時間だ。その前にちょっと休もうとしてリビングに入ると、ソファーの下から本がのぞいている。手を突っ込んで引っ張ると昆虫図鑑が出てきた。淳が読んでいていつの間にか椅子の下に入り、片付け忘れたのだろう。角がすり切れ、いまにも表紙がはがれそうになっているのをそっと閉じて、本棚に並べた。

昼にたくさんこしらえたので、晩は野菜だけ料理して後は残り物ですませる。オクラの味噌汁、焼きピーマン。義郎の畑で採れたものばかりである。流しでオクラを洗い始めた。オクラの毛は丁寧に取っておかないと、食べたとき喉に引っかかる。隣のリビングで義郎がテレビをつけて夕方のニュースを見ている。

聞き覚えのある声に、水をとめて振り返った。

知事の記者会見が映っている。教育基本条例を制定して……の声に琴美は耳をそばだてた。校長による勤務評価、職務命令違反、処分、とぎれとぎれに聞こえてくる。

画面に顔がアップになる。張りきった皮膚。黒いたっぷりした髪が額に下がっている。唇がとがり、横に広がり、せわしなく動く。歯がのぞく。ときおり笑顔を見せるが、目はまったく笑っていない。

琴美は流しに向き直ると思い切り水道栓を開けて水を勢いよく出した。ボールの水があふれて、中でオクラが踊っている。

テレビの音が消えた。義郎がスイッチを切ったのだ。琴美は深く息を吸いこんだ。水の流れる音だけが聞こえる。

義郎が台所に入ってきて、冷蔵庫からぬか漬けの容器を取り出した。食べ頃の茄子を出してぬかを洗い流し、まな板の上に置く。夕焼け空のような赤紫色だ。琴美が包丁を入れる。切り口は皮の紫色が白を取り囲んですこし染み込んでいる。香りがたつ。黒い丹波焼の器に盛って食卓に出す。

電子レンジであたためた鯖は味噌の中に沈んでいる。新鮮で身が締まっていて歯触りがいい。鯖を食べている間に、茄子は夕闇に吸い込まれるように色が沈んでいく。

「ここはまだ色が変わってないで。やっぱり色のきれいなとこがおいしいから、ここを食べたら」

義郎に言われて琴美は鮮やかな紫の残る一切れを口に運んだ。いい具合に漬かったぬか漬けの酸味が口中に広がる。

「あんな条例こしらえて、大阪の教育をつぶす気なんや」

義郎の顔は、ビールで少し赤くなっている。

「職員会議をやめさして校長に権限もたして、どうするねん。生徒のことを知りもせん校長が威勢のいいことといい出して現場が混乱するだけや。だいたい校長なんてアホばっかりや」

「そういうあんたも校長してたやないの」

「してたけど、僕はちゃんと先生方の意見を聞いてた」

「ああ、そうですか」

「そうやで。先生方の要望を聞いて、取り組みに必要な予算をちゃんととってきた。予算措置がないと何もできへんからなぁ。教員評価を試行するから、五段階評価を付けろなんて何の基準も示さんといきなり言うてきて」

目が大きく見開かれて語気が強くなる。退職してから義郎の話すことといえば、トマトが青枯れ病にかかって枯れたとか、植えたばかりのキュウリの苗が夜盗虫に切られたとか、野菜のことばかりだった。

「いったいどんな人に最低ランクをつけるの」

「あの頃はまだ、そこまで決まってなかったんや。僕はほとんどの先生は三にして、とびぬけてよくできる人は四か五をつけた。それからひとりひとりと面談して、評価の理由を説明したよ。誰からも不満は出なかったなあ」

そういえば、退職する前の年だったか、義郎が先生との面談で忙しいと言っていた覚えがある。その頃は琴美自身も自分の仕事のことで頭がいっぱいで、あまり身を入れて聞いていなかった。

義郎が言葉を継いだ。

「そやけど今度のは必ず最低ランクを何人かつけないかん。成果主義とかええことみたいに言うけど、そんなもんは教育には馴染まへんよ。すぐに結果が出るものやないからなぁ。結局目先の受験成績で判断するだけや」

義郎は仰向いてコップを傾け、残り少ないビールを流し込んだ。

「退職しててよかったねぇ。校長やってるときは毎晩うなされてたから。もし今もやってたら、もっとひどなるわ」

「そんな毎晩とはちがうやろう」

「いやあ、毎晩よ。アーッとか、ワーッとか叫ぶから、わたしは目が覚めるし。ベッドの上に起き上がって、布団を蹴飛ばして腕を振り回してたこともあったわ。いつかなんか、寝言と思えんくらいはっきりと大声で、ひ・と・ご・ろ・し、て言うから、階下にいた昌也の耳に入って、父ちゃん、大丈夫なんかって、聞かれたわ」

「そら悪いことしたなあ。心配さしてしもて」

と言ってから、義郎は管理職になる前に勤めていた困難校の名前を口にした。以前、琴美が「ひ・と・ご・ろ・し」を話題にしたとき、義郎は無言だった。

「学年でいちばん荒れてた生徒が夢に出てきたんや」

「そんなん、十年以上も前の生徒でしょう」

「それがいきなり出てきて、殺したる言うて、向こうの方から近づいてくるねん」

「ほんまにしんどい学校やったんやねえ」

「学習習慣がついてる子はほとんどいてへん。分数の計算ができへん子も珍しくなかったなぁ。勉強以前の問題が大きすぎるわ」

遠くを見る目になって口をつぐんだ。

義郎が管理職になることに琴美は反対だった。当時、広島で高校の校長が自ら命を絶った記憶も生々しかった。けれども今から考えると、義郎が四十歳で困難校に異動になった時点で、管理職へのレールが敷かれていたのだ。そこから降りるには強い意志がいる。

「最近はうなされたりしてへんやろ」

「校長やめたら、ウソみたいにぴたっと静かになったわ」

義郎が立っていき、焼酎を入れたコップを手に戻ってきた。

「この前、府の条例つくったやろ。起立して君が代を歌え、違反したら処分するっていうの。あれをつくった時から、こういうことを計画してたんや。校長の権限ばかり強くして、先生が自由にものを言えんようになったら教育はおしまいや」

声が次第に大きくなる。同じ話を繰り返す。琴美は目をとじて頬杖をつき、ときおり相槌を打つ。

油蝉がギーと鳴いた。ふと目を開けてかたわらを見ると、義郎は仰向けになって眠っている。

琴美はテーブルの上を片付けて洗い物に取り掛かる。炊飯器の釜、味噌汁の鍋、皿が少し、箸と赤いはさみ。昼食時の半分もない。すぐに終わって布巾で拭く。一番最後にはさみをぬぐう。

下を向き左右の乳房を見比べる。左が大きく、右は小さい。乳首が立っている。赤いはさみを右手に取る。刃を開いて、乳首を挟む。

あとがき

　立ちはだかるものを押しのけ、時には押しつぶされ、夢中で仕事を続けて、気がつくと六十歳定年を迎えていた。それからどう生きるのか、何の考えもなかった。しばらく家にこもって過ごすうちに、書き残しておきたいことが浮かんできた。そこで以前から誘われていた大阪文学学校に思い切って入学した。

　クラスに作品を提出すると、チューターと同級生から合評を受ける。どうも、言いたいことを書き連ねても、人間が描けていなければ人に伝わらない。そう気づいて書き直し、作品が仕上がっていった。チューターとクラスの皆さんのおかげである。そして何よりも、意見を述べ合い、人の意見を聞いて自分の考えを深めることのできる場としての文学学校に感謝したい。

　ここに収めたのは六編。一家をあげて北朝鮮に渡った明子。進駐軍のハウスメイドから基地のPX勤めになった鈴ちゃん。西南戦争の遺児で、息子を日中戦争で亡くしたツル。ハンセン病療養所に隔離され、詩を書き続ける詩人の納《おさめ》道子など、女の人ばかりを書いてきた。彼女たちの生きた時代と場所、その景色や匂い、風の音などを背景に、その姿を浮かび上がらせることができたなら幸いである。

エッセイの師、詩人の井上俊夫は「たとえ謙遜であっても、自分が一生懸命書いた作品を駄作などといってはいけません」と戒めた。その言葉を思い出して、ようやく作品を活字にする決心がついた。

編集工房ノアの涸沢純平さんに出版をお願いしたところ、細かく目を通し、表現の不備や書き足りないところを指摘していただいた。おかげでよりよいものになったことを、深く感謝します。

白バラの輝く四月に

二〇二〇年四月

長瀬春代

初出一覧

海が見える　樹林　二〇一三年在校生特集号
第三四回大阪文学学校賞小説部門奨励賞「柿木」を改題
鈴ちゃんのマックス　カーニバル二〇一九年　五号
もう一度　書き下ろし
島へ渡る日　書き下ろし
幹に刻む　樹林　二〇一一年冬号
赤いはさみ　樹林　二〇一六年夏号

長瀬春代（ながせはるよ）
一九四六年、福井県武生（現越前市）に生まれ、大阪で育つ。
一九六九年から二〇〇六年まで、大阪府と兵庫県の公立学校に勤務する。
二〇〇八年大阪文学学校に入学。塔和子の会会員。
大阪府在住。

海《うみ》が見《み》える
二〇二〇年四月十三日発行
著　者　長瀬春代
発行者　涸沢純平
発行所　株式会社編集工房ノア
〒五三一—〇〇七一
大阪市北区中津三—一七—五
電話〇六（六三七三）三六四一
FAX〇六（六三七三）三六四二
振替〇〇九四〇—七—三〇六四五七
組版　株式会社四国写研
印刷製本　亜細亜印刷株式会社

ISBN978-4-89271-326-2
不良本はお取り替えいたします

神戸モダンの女　大西　明子

神戸で生まれ育ったモダンな義母の人生を、大正、昭和の世相と共に描く。波瀾の時代を意志的に生き抜いた魅力の女性像。女性たちの姿も。　二〇〇〇円

北京の階段　山本　佳子

主人公林子《りんこ》の求める、生きる場所のイメージと、涼やかな音色が重なる。死と生のあわいにある時間を感じとる感覚のやわらかさ(夏当紀子氏)二〇〇〇円

山田稔自選集　Ⅰ

『ああ　そうかね』『あ・ぷろぽ』から精選された短篇に、戯文をふくむ数篇を加えて編まれた多彩な散文集。「散文芸術」の味わい。全Ⅲ集。　二三〇〇円

象の消えた動物園　鶴見　俊輔

私の目標は、平和をめざして、もうろくするということです。もっとひろく、しなやかに、多元に開く。2005～2011最新時代批評集成。　二五〇〇円

碧眼の人　富士　正晴

未刊行小説集。ざらざらしたもの、ごつごつしたもの、事実調べ、雑談形式といった、独自の融通無碍の境地から生まれた作品群。九篇。　二四二七円

佐久の佐藤春夫　庄野　英二

佐藤春夫先生について直接知っていることだけを書きとめておきたい——戦地ジャワでの出会いから、大詩人の人間像。　一七九六円

表示は本体価格

記憶の川で　塔　和子詩集

第29回高見順賞　半世紀を超える私の療養所暮らしの中で、たった一つの喜びは、詩をつくることでした。私だけの記憶。本質から湧く言葉。一七〇〇円

希望よあなたに　塔　和子詩選集

ハンセン病という過酷な人生の中から生まれた詩は、人間の本質を深く見つめ、表現されたものばかりで、心が震えました(吉永小百合氏評)。文庫判　九〇〇円

塔　和子全詩集〈全三巻〉

ハンセン病という重い甲羅。多くを背負わなかったら私はなかった。闇ゆえに光を求める生きる勇気の詩。未刊詩篇随筆年譜を加え完成。　各八〇〇〇円

私の明日が　塔　和子詩集

第16詩集　多くを背負わなかったら私はなかった。背負ったものの重たさがいまを息づく私のいのち。最も深い思いをひめて、蕾はふくらむ。一七〇〇円

希望の火を　塔　和子詩集

第17詩集　ながくつらい夜にいたから、苦悩のくさりにつながれていたから、とき放たれたこころの輝くような楽しさを知った。辛酸を超え。一七〇〇円

かかわらなければ路傍の人　川﨑　正明

塔和子の詩の世界　ハンセン病隔離の島で一生を終えた詩人の命の根源を求める詩の成りたちを、身近にかかわった著者が伝える人間讃歌。　二〇〇〇円

表彰の果て　大谷　晃一

織田作之助の姉の一生、白崎礼三の29歳の死、武田麟太郎の不明とされた母方の追跡ほか、織田作之助、武田麟太郎をめぐる人々を精緻に描く。一八〇〇円

巡航船　杉山　平一

名篇『ミラボー橋』他自選詩文集。青春の回顧や、家庭内の幸不幸、身辺の実人生が、行とどいた眼光で、確かめられてゐる(三好達治序文)。二五〇〇円

かく逢った　永瀬　清子

詩人の目と感性に裏打ちされた人物論。宮沢賢治、高村光太郎、萩原朔太郎、草野心平、井伏鱒二、三好達治、深尾須磨子、小熊秀雄他。二〇〇〇円

日は過ぎ去らず　小野十三郎

半ば忘れていた文章の中にも、今日の状況の中でこそ私が云いたいことや、再確認しておかなければならないことがたくさんある(あとがき)。一八〇〇円

詩と小説の学校　辻井　喬他

大阪文学学校講演集＝開校60年記念出版　小池昌代、谷川俊太郎、北川透、高村薫、有栖川有栖、中沢けい、奈良美那、朝井まかて、姜尚中。二三〇〇円

小説の生まれる場所　河野多恵子他

大阪文学学校講演集＝開校50年記念出版　黒井千次、小川国夫、金石範、小田実、三枝和子、津島佑子、玄月。それぞれの体験的文学の方法。二二〇〇円